飞扬·青春校园记忆美文精选

游走在梦想边缘的青春

省登宇 主编

国际文化出版公司

·北京·

图书在版编目（CIP）数据

游走在梦想边缘的青春 / 省登宇主编 . —北京：国际
文化出版公司，2012.6（2024.5 重印）
（飞扬·青春校园记忆美文精选）
ISBN 978-7-5125-0347-2

Ⅰ.①游…　Ⅱ.①省…　Ⅲ.①散文集－中国－当代
②短篇小说－小说集－中国－当代　Ⅳ.① I217.1

中国版本图书馆 CIP 数据核字（2012）第 065535 号

飞扬·青春校园记忆美文精选·游走在梦想边缘的青春

主　　编	省登宇	
责任编辑	李　璞	
统筹监制	葛宏峰　李典泰	
策划编辑	何亚娟　胡雪虎	
美术编辑	刘洁羽　王振斌	
出版发行	国际文化出版公司	
经　　销	国文润华文化传媒（北京）有限责任公司	
印　　刷	三河市同力彩印有限公司	
开　　本	700毫米×1000毫米　　16开	
	12印张　　　　　　　158千字	
版　　次	2012年6月第1版	
	2024年5月第2次印刷	
书　　号	ISBN 978-7-5125-0347-2	
定　　价	45.00元	

国际文化出版公司
北京市朝阳区东土城路乙9号　　邮编：100013
总编室：（010）64270995　　　传真：（010）64270995
销售热线：（010）64271187
传真：（010）84271187-800
E-mail：icpc@95777.sina.net

CONTENTS 目录

第 1 章

青涩年华

只是我相信，有的人是需要不断上路，不断行
走，不断告别，不断启程的，再繁华的盛景，
看过了，也就错过了

木尼的夏天 ◎文/郝欣然

一　咖啡店的陌生女孩

木尼的咖啡店坐落在这个城市最安静的街。十元的咖啡，绒质的沙发，还有几张 Keren Ann 的 CD，这便是咖啡店的全部。木尼喜欢城市，没有家的人都会喜欢城市，因为那些嘈杂的人流让他们短时间忘记了孤独。可木尼讨厌这个城市的夏天，那些充溢的阳光和湿热的空气总是让人们不愿品尝浓密得像丝绸布料般的咖啡。夏天里，咖啡店会突然变得冷清下来。

木尼通常在夏天的空闲时光里选上一本书看。这个夏天，木尼选择了卡尔维诺的《看不见的城市》。当他看到第十一章的标题时，木漆店的门划开 CD 里慵懒的声音，一个穿着白色连衣裙的女孩走进店里，衣料上凌乱地撒着绿色的碎菊图案。女孩停在店门的台阶上，开始安静地打量店里的布置和装饰画。那种姿态和眼神，像是一位美术大师鉴赏着学生的绘画作品，又像是刚刚入学的孩童站在班门口羞怯地观察教室。

木尼看着女孩，合上了书。他在经营咖啡店的日子里见过很多漂亮女孩，几乎与各种类型的美女都有过接触，他从不会因为哪个女子的外貌出众而给予过多留意。但今天的木尼却情不自禁想多看这个女孩一眼。那是一张没有施过水粉的干净面庞，没有长睫毛和高鼻梁，但五官搭配得匀称，一头用红色发绳扎起的马尾，给人一种干净的感觉。

　　女孩发现木尼正一动不动地盯着自己，一时间脸红了，目光也慌张地落到地板上。木尼似乎意识到自己的失礼，低头开始整理起柜台。

　　女孩走到柜台前，这时木尼抬起头来询问："姑娘，你需要什么？"

　　"我是第一次来这里，刚刚路过这家店时，突然想喝咖啡，于是就进来了。"女孩腼腆地笑着，"嗯，我对咖啡也不是很在行，你给我推荐下吧。"

　　"咖啡这东西别人总不大好推荐，得根据不同人的喜好来看，卡布奇诺有厚厚的一层奶泡，入口很香醇；哥伦比亚味道较浓厚；摩卡有特殊的芳香味。如果你喜欢奶味，应该喝拿铁。"木尼回答道。

　　"这样听来，我更是没有了主意，有没有什么咖啡带有清香的味道呢？就像茶那样。"女孩问道。

　　"茶？也许有，可我不知道，"木尼笑了笑，"我想你会喜欢拿铁的，比较温和。"

　　"是吗？那就听你的吧，一杯拿铁。另外问一下，那种特别黑的是什么咖啡？"女孩手指向木尼身后一排咖啡的成品展示架，在一条褐色的咖啡里，有一杯咖啡，颜色浓稠得接近于黑色，显得特别显眼。

木尼顺着女孩手指的方向看过去，解释道："是炭烧咖啡，我刚才没有向你介绍，因为它被称为最苦的咖啡，那种强烈的焦苦味很少人能够受得了。你要试试吗？"

女孩使劲儿摇了摇头，说道："我还是不折磨我的味觉了。"

木尼煮咖啡的时候，女孩离开柜台找了一个靠近角落的位置，在那里，有一本《撒哈拉的故事》摆在桌面，女孩便拿着翻看起来。

第一页是三毛母亲写给她的一封信，诉说了作为一个母亲对于三毛远离家乡去往撒哈拉的祝福和担忧，三毛将这信作为了此书的代序。女孩看完这封信的时候，望了望左边窗外被阳光铺得白花花的街道，眼神凝滞，好像在想着什么。

"这是本值得一看的书，尤其对于那些在外独自生活的人。"木尼在女孩凝望窗外的时候，已将煮好的咖啡端到了女孩桌前，并说道。

回过神的女孩对着木尼微微笑了笑，没有过多的言语，低头喝起了咖啡。

那是一段漫长的时光，木尼坐在柜台，女孩坐在角落。木尼时而看书，时而看看女孩。《看不见的城市》在一个小时的时间里，只被木尼翻去了十页。而木尼甚至不知道这十页纸到底讲了什么。女孩仍旧翻看着《撒哈拉的故事》，间或品咂一口拿铁。二百多页的书已被女孩翻去了一半。

当女孩再次端起咖啡杯发现一杯拿铁已喝完时，她才意识到应该走了，可女孩对三毛在撒哈拉的故事意犹未尽。她拿着书走到了柜台，打断了似乎正在看书的木尼，犹豫了片刻后说道："时间不早了，我应该走了。可这书太吸引我了，读进去就实在放不下手了。想问你，能不能帮我留着这书，别让其他人借去了，我明天还会来接着看，可以吗？"

木尼没有去接过书，而是笑了笑，说道："我这店夏天里几乎没有顾客，大可不必担心得那么多。其实你可以带回去看的，看完后明天再还过来就是了。"

女孩思考了一会儿，还是把书放在了柜台上，说道："那样就太不好意思了，没事，我明天接着来看，不要紧的。"说完转身准备离开。

木尼叫住了女孩，递给她一张名片："这是我的联系方式，明天要来前和我说一声。"

女孩接过名片，看了看上面的名字，不禁读出声来："木尼，真是个特别的名字。"女孩走到店门口时又被木尼叫住了。

"姑娘，能……能告诉我你的名字吗？"木尼略带羞涩地说道。

女孩又一次露出来淡淡的笑容，回答道："我叫安雅，明天见吧。"

二　茗雅咖啡

很多时候，木尼会觉得城市的街道是一种有生命的物体，它把某些特定的人在特定的时候引导到特定的地方去，于是就有了一段段的故事。安雅的出现对于木尼来说，或许就是一段故事的开始。

第二天，仍旧是午后阳光最充溢的时段，仍旧是空当当的咖啡店。木尼坐在吧台，手里拿着那本《撒哈拉的故事》。他望着落地玻璃窗外的人行道，每一个影子的出现，总是会在木尼的心头产生一丝牵动。一个又一个的影子过去了，可木漆的店门却一直未响。木尼看了看墙壁上的钟。于昨天安雅进到店里的时间而言，已经过去一个小时了。木尼也开始有了不安，也许安雅今天不会来了。

木尼刚准备收回自己凝望窗外的目光，又一个影子出现了，木尼顺着地面的影子望上去：淡蓝色的百褶裙束着黄色腰带，齐肩的披发从侧面遮住了影子主人的脸。木门终于响了，出现在木尼眼前的正是安雅。同样还是素颜的面容，给人亲切的感觉。只是披下头发的她显得更加的自然，也更加的成熟。

"果然如你所说，真是没有客人呢！"安雅走到柜台前，笑着对木尼说道。

"我可从不骗人，看看吧，你又成了第一位客人。"木尼回应着安雅，接着又问道："今天比昨天来得晚许多，是有什么事在忙吗？"

"倒也没什么事，接了一通没有意义的电话。"安雅回答道。

木尼顿了顿，觉得继续问下去有些失礼，转而说道："昨天不是给你了名片吗，让你来之前联系我一下，若是我有事出去了，岂不是叫你白跑了一趟？"

"唔，我只是觉得没有这个必要。你若真有事，我给你打了电话也不能叫你脱身来为我开店。至于我，刚来这个城市，时间上空闲得很，即使看不到书，逛逛周围的街道也不错嘛。"安雅解释着，接着说道，"那个，还是昨天喝的那种咖啡吧。书现在可以给我吗？"

木尼一边把书拿出来递给安雅，一边说道："今天不给你喝拿铁了，我想有比这更适合你的东西。你等着尝吧。"

安雅露出了好奇的眼神，向木尼身后的厨台张望着，像是要看出这其中的秘密似的。木尼则移动着身体去挡安雅的视线，不让她继续窥探，说道："好啦好啦，一会儿就给你揭晓谜底，现在你去找个座位乖乖等着吧。"

安雅诡异地看了木尼一眼，去到昨天坐过的角落里。在等待的时间里，继续看着那本《撒哈拉的故事》。

木尼终于端上了神秘的饮料，安雅放下书，在喝之前好好观察了杯中的液体。初看上去，还是咖啡的质感，但细看之下，褐色之中似乎泛起了一些暗暗的绿。安雅在品尝第一口的时候，木尼紧张地关注着安雅的表情变化。像是初次投稿的作者一样，惴惴不安等待着别人对自己作品的评价。

"茶，"这是安雅放下瓷杯后说的第一个字，"咖啡里有了茶的味道。既有咖啡的香浓，又有茶的清新。木尼，你可真是厉害，怎么办到的？"

"其实也不难，先煮茶，然后用很密的滤网过去茶水中的茶叶和杂质，将剩下的澄清的茶水用来煮咖啡，就成了你现在喝的这种茶味咖啡。当然，我给它取了个好听的名字，叫茗雅咖啡。茗代表了茶，而雅则是代表了你。"木尼说道。

"我？为什么和我有关？"安雅问道。

"当然和你有关，因为昨天你说过希望能喝到有茶般清香味道的咖啡，我想了一个晚上，才做出来这种咖啡。所以，这咖啡可是专门为你做的啊。"木尼解释道。

"谢谢你了，木尼。"说完后，安雅低下头略带羞涩地笑了。

布置古朴的咖啡店，暖色调的饶有情致的装饰画，慵懒而令人安静的法国民谣，没有什么比这些更让人想到"浪漫"这个词了。故事的开始和发展在木尼眼里都是那么的完美。每一次微笑，每一句交谈，每一个瞬息间不易捕捉的眼神，一切的一切都按照木尼脑海中为故事构建的轨道不偏不离地行进着。以至于在安雅低头羞涩微笑的瞬间，木尼有了一种去爱一个人的冲动。

"安雅。"木尼轻声叫道。

"嗯，什么事？"安雅抬起头来。

"你今后可以每天都来这里吗，我会为你做最好的茗雅。一个人在夏季里守着空无一人的咖啡店总是有会一种空洞的感觉，像是要把人吞掉一样。你只用陪我说说话，就这么简单，可以吗？"木尼说道。

安雅犹豫了一会儿，说道："可以是可以，只不过我在这个城市不会待得太久。但我可以保证，只要我还在这个城市，我就会来。"

"谢谢你，安雅。"

"没有关系，我很喜欢这里，也喜欢你的茗雅。"

三 女孩与搁浅的船

夏日里的光线随着时间一步步推移而显得越来越强烈，把一切都打点得清晰明亮。就像木尼对安雅的了解一样，一点一点，越来越清晰。

午后三点，有时会早些，有时会晚些。但安雅始终守着自己的承诺，每天来到咖啡店，每天点一杯茗雅。起初，安雅仍是坐在角落的位置读着一本一本木尼准备好的书，只在进来店面和临走时才会同木尼聊聊天。后来，随着两人的接触慢慢增多，安雅也会试着讲些自己的故事给木尼听。在那些时候，木尼就安静地坐在安雅对面的沙发上，像一个孩童听着吸引人的童话故事般，不轻易遗漏一个细节。

　　安雅出生的那个城市离这里不是很远。因而那里的夏季同样拥有充溢的阳光和暖和的风。安雅的母亲是一所中学的美术老师，父亲则是那所中学的数学老师。家境虽然算不上十分富裕，但是足够满足安雅成长过程里的物质需求。

　　安雅的母亲在怀着安雅的时候受了很多苦，因此在生下安雅后，母亲格外疼爱这个女儿。即便一开始大家都期盼着能生一个男孩，但知道生下的是女孩时，母亲依然没有露出一点失望的表情。在安雅出生之后，母亲辞去了学校工作，在家照顾安雅。直至将她送进幼儿园，才又靠着以前在学校里打下的人际关系得以复职。

　　因为母亲的缘故，安雅得到了比其他孩子多许多的呵护，同时也得到了同样多的约束。母亲担心安雅接触到不良的习性，对安雅外出限制得很严格。没有了与小伙伴一起在院子里戏耍的经历，安雅的性格渐渐变得内向起来，她安分地度过了自己的童年。

　　中学时代，安雅顺理成章地进入了父母所工作的学校，那也是当地赫赫有名的重点中学。或许对于其他处在中学阶段的孩子来说，这个年龄段正是男女间的情感悄悄发芽慢慢滋生的时段。可处于父母的眼皮底下，安雅心中的情感幼苗压根没有一点点生长空间。尤其是在安雅转入母亲所带的艺术班后，母亲与自己几乎是日日夜夜连在了一起。就这样，安雅的中学时代仍旧是在一种被安排计划好的轨道上有条不紊地走完的。

安雅将这些过往一并讲给了木尼听。可是半个月了，木尼听到的所有故事都是有关安雅大学之前的生活。对于大学这个青春正值飞扬的时段，安雅只字不提。木尼很早察觉到了这一点，可他明白，安雅不说自有不说的缘由，所以也从未过问。

那天仍是个城市被阳光统领的日子，街道上和咖啡店里都是空荡荡的。与安雅刚来这个城市时比，道路两旁的香樟已经重新刷了一层厚厚的绿漆，知了腹膜的振动也愈来愈强烈。阳光的燎烈在一瞬间让人感觉这个世界是晃动而不真实的。木尼在柜台里透过玻璃盯着人行道，右手边是已经准备好的茗雅咖啡。

三点的钟声响后，又过了一刻钟，安雅走进了咖啡馆。木尼对她笑了笑，将茗雅咖啡递了过去。

"木尼。"安雅轻声叫着名字。

"嗯，什么事？"木尼回答道。

"你有十分想要得到的生活吗？"安雅问道。

木尼看了看安雅，又看了看咖啡馆墙面上的装饰画，开始了沉默。

"算了，你可以不回答的。"安雅笑了笑，端起了咖啡走向角落的位置坐下了。

只要微风的一阵拂动，江岸边的芦苇丛就会掀起一波一波浪花似的起伏。只要指尖的一次拨撩，竖琴的弦线就会发出一连串清晰的音阶。而现在，木尼的心同样如此，只是简单的一个问句，却好像石子击向水面一样，在木尼的心里牵引起一圈又一圈的水纹，久久不能平息。

木尼想了想，还是走向了安雅的座位，在她的对面坐下了。安雅用一种满是疑问的眼神看着木尼，好像在询问他有什么话要说一样。

"我想了想，你所说的想要的生活是有的。这样的东西，每个人心里都会有吧，即使不能实现。"木尼说道。

"唔，你觉得你有可能得到那种生活吗？"安雅继续问道。

木尼看着安雅的眼睛，停了一会后说道："这个，我也不知道。"

"我想给你讲个故事，你有时间听吗？"安雅问道。

木尼点了点头。

安雅喝了一口茗雅，开始说道：

"有一个男孩，家里有着很大的产业。因为家境的原因，男孩从小到大不管想要什么，都可以得到。他身边总是围绕着很多看似要好的朋友。男孩有一个特长，那就是讲笑话。他的肚子里不知装了多少的笑话，在任何时候都可以让任何人笑个不停。就这样，男孩没有任何坎坷地经历了童年和少年。当他步入大学的那一天，他看到了同班的一个女孩。不知为什么，男孩总是觉得这个女孩很特别。于是有一天，男孩主动邀请女孩陪自己一起吃饭。

出于礼貌，女孩答应了要求。那天下午，两个人一起走路去了江边的一家气氛很好的餐厅。女孩是一个内向而不大善于讲话的人。男孩看出了这一点，就给女孩说他的那些笑话。女孩很快就被那些笑话征服了，在整个聊天的过程里笑个不停。

女孩本身没有什么朋友，于是男孩成了她大学生活里的主要接触对象。男孩带着她看电影，带着她在城市的街角巷陌里寻找一些特色小店，再后来，男孩甚至带着女孩一起出去旅行。恋爱成了必然会发生的事。在整个大学时光里，男孩让女孩的生活变得缤纷多彩。不仅如此，长期的接触中，男孩的性格也或多或少地传染给了女孩。她不再那样惧怕与陌生人打交道，同时也懂得了人与人间感情的美好。

有一次，女孩生了病，是突然病倒了，来不及通知任何人。女孩躺在医院的病床上，很无力地看着天花板。她多么希望男孩此时能在自己的身边啊，多么希望男孩能给她讲那些拿手的笑话好让自己忘记疼痛。可当时陪在女孩身边的只有一部没有电的手机。

一个小时过后，男孩却站在了女孩的病床前。女孩好奇地问男孩怎么找到这里的。男孩只是笑，摸了摸女孩的头要她好好休息。

那几天男孩一直陪在医院，给女孩买吃的，给女孩讲笑话。终于，女孩出院了。在医院门口，女孩抱着男孩，头埋在了男孩的胸口上，说了声'谢谢'。男孩低下头，在女孩的耳边说道：'等到毕业了，我就娶你。'

当时的女孩完全沉浸在了幸福当中，满心期盼着毕业的到来。似乎觉得黑色的毕业礼服换下之后，就一定是白色的婚纱。毕业过去了，男孩虽然没有提过结婚的事，但还是带女孩去见了自己的父母。然而故事的一切都在这里转折了，男孩的父母一心希望儿子能与有着同样家庭背景的人结婚。于是明确地反对了男孩与女孩的交往。

男孩与女孩并没有因为这件事就真的分开，他们瞒着男孩父母依旧频繁地见面。可最后男孩的父母还是发现了。这一次，他们找到了女孩的父母，并说明了情况。在谈话过程里，男孩的父母说了很多难听的话语。女孩的父母忍受不了这样的欺辱，强行把女儿带回了家，并且不让她出门。

可在分开之前的那一刻，男孩和女孩彼此约定了，一定会说服自己的父母。女孩为了让家里知道自己多么喜欢男孩，于是趁家里不注意，留下了字条，独自出走，去了另一个城市。她在另一个城市里等待男孩那边的消息。一旦男孩的父母被说服，她就会回去。

木尼，希望你没有觉得乏味，就这些，这是个还没有结尾的故事。"

木尼安静地听完了安雅的讲话，说道："故事里的女孩就是你吧。"

安雅点了点头，说道："和那个男孩结婚，那是我想要的生活。可我来这个城市半个月了，没有收到一点消息。现在看来，那种生活和我像是隔着一条河。我有的，只是一条搁浅在岸边的船。我只能坐在船头，等待着它有一天能够起航，载我去到另一边的岸上。"

木尼望着坐在自己对面的女孩，他曾以为自己离她很近很近了。可就在听完故事的那一刹那，他又觉得自己离这女孩很远很远。木尼的脑海里，反反复复只剩下了一个画面，那是一个女孩与一艘搁浅的船。

四　炭烧咖啡

城市的夜晚永远不缺热闹，也从来不缺少孤独。木尼的咖啡店总是九点关门，接着木尼会沿着满是街灯的人行道走回家。在一盏一盏的街灯间，木尼喜欢看自己的影子慢慢拉长又渐而消失的样子。就好像生活里一个又一个与他擦肩而过的人们。

听完安雅故事的那天，木尼没有像往常一样早早关门，而是在自己的咖啡店里坐了好久。耳旁是一首冰岛的民谣，曲调悠长。橙色的灯光把周围打点得柔和而温软。可此时木尼觉得这些都不属于自己，他一个人品味着两个人的孤独，一份来自自己，另一份则来自安雅。

那一夜木尼没有回家，他在安雅常坐的沙发上睡着了。

醒来后的这一天对于木尼而言是特别的，因为在前一天的下午，他重新认识了安雅。他以往只是看到了安雅笑的一面，明媚的一面。可现在，他同样看到了安雅的忧伤与苦痛。木尼不知道如何调整自己内心的情感。他希望安雅能开心，能得到想要的幸福。同时，木尼心里也清楚自己昨天所说的"想要得到的生活"指的是什么。这种矛盾的心理让木尼有些害怕去面对安雅了。

下午的时光在这一天显得漫长起来。同样是看着玻璃窗外的影子，木尼的心里却混杂着期盼与不安两种滋味。咖啡店里安静得能清晰听见墙面挂钟的秒针一格一格走动的声音。但这声音持续响了好久，却始终没有一个人进到店里来打破这份沉寂。时钟已走过了六点，安雅却仍没有出现。木尼独自喝下了早已准备好的茗雅。他知道安雅今天不会来了。

同样是回家路上的街灯，同样是拉长又消失的影子。那天夜里，木尼走在路上。突然有一种冲动想要停在一盏路灯下。是不是这样，那些出现的影子就不会消失了。是不是这样，那些人就可以一辈子陪在自己的身边呢。可他那天没有喝酒，他清楚地知道什么是自欺欺人。

从那天起，安雅就真的消失了。每一天，木尼都用大块大块下午的时间望着窗外，可那儿除了阳光，什么也没有。木尼仍旧会准备一杯一杯的茗雅，只是这些咖啡，最后还是木尼喝了。木尼当初的不安，早已经没了。有的只是害怕再也见不到安雅的恐惧。

阳光在玻璃上流转，画着夏日里的单调时光。一天里的时光首尾相接连成了一圈堤岸，二十四里长。木尼在这条堤岸上一圈一圈地行走着，重复着同样的轨迹。透过玻璃，木尼每天看到的只是树和街道。等到太阳落了山，便连那些景象也看不清了。剩下的，只是木尼自己衬在夜色里的倒影。

没有哪个夏天会一直被阳光吞没。在安雅消失后的第七天，城市下了一场大雨。厚厚的一层乌云把天空遮蔽得严严实实，沉闷的雷声像是捂在水下的鼓音，低沉得让人透不过气。这场雨是在下午一点下起的，雨水起先是一滴一滴，很快就连成了线，又进而连成了墙。那种磅礴的气势，是木尼在这个城市生活的这么多年里少见的。即使关着店门，咖啡店的墙面也被空气里的水汽弄得潮湿。整座城市淹没在了水中，仿佛连声音都要销迹在这样的气势里，无法传播。

吃过晚饭，木尼看了看天，仍旧下着雨，好在规模小了许多。木尼估摸着晚上也不会有什么客人了，于是打算趁着雨小把店门关掉回家。就在木尼关掉咖啡店里的灯时，店门响了。木尼看到门口有个身影立在那儿，因为光线太暗了，能够辨认出的也只有身影。

可这就足够了，木尼只犹豫了三秒钟。叫出来那个名字："安雅，是你吗？"

对方没有回答，而是慢慢走了过来。木尼重新开了灯。在灯光下，木尼清楚地看到了一张疲惫的面容，那确实是安雅。她左手拿着伞，裤腿和鞋都湿透了。

"嘿……你还好吗？"安雅开口问道。

"似乎应该我问你才对，这些天你突然消失了，我真的很担心，你去哪了？出了什么事？"木尼情绪有点焦急地说道。

"没什么，我很好。我只是……"说到这儿，安雅低下了头，声音也有了点颤抖。安雅擦了擦眼睛，过了一会儿，抬头很艰难地作出了一个笑容，说道，"我只是来告诉你，上次给你讲的故事有了结局。男孩没能说服父母，他放弃了。只剩女孩仍在另一个城市傻傻地等。"

木尼沉默了一会儿，说道："安雅，别想太多了。一切都会好起来的。先坐下来喝杯茗雅吧。"

"不了，我今天不想喝茗雅。给我一杯炭烧咖啡吧，你说过最苦的那一种。"安雅回答道。

木尼想了想，说道："好吧，你先坐下等一等。"

咖啡冲好了，安雅喝了第一口，眼泪就禁不住滴了下来，混到了咖啡里。安雅一边哭着一边断断续续地说道："为什么……为什么他说放弃可以说得这么简单，我……我一直以为他……他也像我爱他那样爱我。可现在呢，他只是说了句对不起。原来……原来一直只有我在付出感情。记得我曾说过……说我是一个守着搁浅的船的女孩。现在看来，那……那只不过是艘破旧得不能再下水的船和一个女孩天真的梦。"

木尼没有说话，他也没法说话。有些时候倾听或许是最好的安慰。他知道现在的安雅满心都是委屈和难受，像这样对着一个人哭诉也算是一种发泄吧。

安雅哭了很久，直到最后没有力气再哭为止。平静下来的安雅整理了一下自己散乱的头发，望着木尼说道："今天真不好意思，让你看到我这样子。只是在这个城市里，我能诉说的也只有你了。"

木尼微微笑了笑，说道："没事，只要你能感觉好过一些，我怎样都好。"

安雅盯着木尼的脸看了一会儿，说道："今天谢谢你了。我想我得走了。"

木尼看了看天，说道："我送你吧。"

安雅摇了摇头，说道："不用了，我只想一个人走走。"

木尼理解安雅此时的心情，一个人需要静一静，然后重新思考一些事情。所以木尼帮安雅开了门，让安雅一个人回去了。

店里又变得空荡起来，安雅守着一份执著的爱，而木尼只能守着自己小小的咖啡店和几个钟头前安雅喝过的咖啡杯。他总是在默默承受别人伤痛的诉说，可是不经意间，那些伤痛就变成他自己的了。

木尼将那个杯子再次倒满了炭烧咖啡，独自缓缓地品味着那一份味道。

他突然感到炭烧咖啡和某些情感比起来，真的不算苦。

五 来苏尔的记忆

那个晚上木尼喝咖啡到很晚，到了最后他就不知不觉趴在吧台上睡着了。第二天一早，大概是九点左右，手机的响铃声把木尼给吵醒了。

木尼迷迷糊糊拿起电话，是一个陌生的号码。木尼犹豫了下，按了接听键。

"您好，请问您是木尼先生吗？"对方说道。

"嗯，没错。"木尼回答道。

"我们这里是旅店，今早店里员工打扫房间时，发现一位旅客正在高烧，病得厉害。我们不知怎么办才好，翻了翻她的钱包。那里面有您的名片，就打给您。要是您认识就去看看吧，我们把她送去了医院。另外，那位小姐在登记客房时留了姓名，叫做安雅。"对方说道。

听到最后那个名字，木尼很快从半睡半醒的状态里跳了出来。匆忙地向电话另一端的旅店人员询问了医院地址，连洗漱也来不及便跑出了门。

木尼进到病房时，安雅正躺在医院的白床单上，眼睛闭着也不知是睡着了还是昏迷着。木尼摸了摸安雅的额头，热得发烫。那一刻木尼的心像是被一块干布料裹紧又扭挤一般，难受得要命。

安雅一直没醒，木尼在旁边呆了好久后才想到要去向医生问问情况。从医生那儿木尼了解到安雅是受寒发了高烧。这时木尼才记起昨晚安雅走后又下了一阵雨，或许就是那时。心里不好受的安雅故意让雨给淋了全身。想到这儿，木尼竟产生几份恨意，恨自己当时没有坚持送安雅回去。

了解完情况后的木尼再次回到了病房。这时安雅已经半坐了起来，木尼走了过去，安雅也看到了他。

"你怎么来了？"安雅拖着还比较虚弱的声音问道。

木尼没有解释这其中的经过，只是笑了笑，摸着安雅的头要她好好休息。

简简单单的一个瞬间，木尼并没有刻意安排，他只是不希望安雅费心去了解那么多。可这个过程在安雅看来是那么的熟悉，那个她执著爱恋着的男孩当初也是带着这样自然的笑，让病床上的自己好好休息。还在发烧中的安雅隐约间好像忘记了过去和现在的区别。她下意识地重复了当年的动作，抓住了木尼的手贴在脸上，久久不放。

"为什么每次我最无助时，期盼某个人能在我身边，他就真的会出现呢。"安雅闭着眼睛模糊地说。

木尼就那样静静地看着安雅，没有说话。他不能确定闭着眼睛的安雅是否又睡了过去。他只能用安雅紧抓着的手一点一点体会这个女孩细微的情感。

医院的窗外，阳光又一次充溢地渗满了那些茂盛的枝叶，一夜下来积攒在宽阔叶片上的水珠已蒸腾得干净。木尼知道这个夏季的一场大雨总算是结束了。

安雅躺在病床上的这几天，木尼暂停了咖啡馆的营业。每天都来医院照顾安雅，给安雅买清淡的粥并且喂给她吃。起初，安雅总是一遍又一遍地说着"谢谢"。可到了后来，她便不再说了。木尼每一个细微的照顾，安雅只是微微地笑。木尼也是笑。安雅终于明白，当有些情感已无法用感谢的言语去表达时，心照不宣反而更为合适。因为只需一个微笑，这其中的情感，安雅懂，木尼也懂。

三天过后，安雅的烧便退了。木尼帮安雅付了所有的医药费，安雅在病房的门口等着交完费出来的木尼，那种姿态像是犯了错的孩童等待着父母的宽慰一样。

等木尼走到了身边，安雅说道："木尼，这几天真是不好意思，给你添了这么多麻烦。"

"你说什么呢，最重要的是你没事。你在病床上的时候，我真的很担心。你一个女孩在陌生的城市，以后要学会照顾自己才对。"木尼说道。

安雅点了点头，说道："嗯，以后不会再发生这种事了。"

"唔，吸取了教训，病一次也算值得。好了，别站在医院里了，我们出去说话吧，这里满是来苏尔的气味，闻了三天，鼻子都厌倦了。"木尼说道。

"来苏尔的气味，那是什么？"安雅问道。

"噢，来苏尔就是医院的消毒水，医院里特有的那种气味就是来自它。因为小时候总是怕上医院来着，所以对这种味道自然形成了抵触。"木尼解释道。

"这样啊。不过以前的话，我也会讨厌这种味道。可现在，我想我开始喜欢上这气味了。"安雅说道。

"为什么现在喜欢上了呢？"木尼有点好奇。

安雅想了想，低着头有些不好意思的说道："大概是注入了让人觉得美好的记忆吧。"

安雅说完后开始看着木尼，然后笑了。安雅觉得眼前的这个眼神是那样的熟悉，如同当年照顾自己的男孩。而他们，都带给了自己有关来苏尔的美好记忆。

六　撒哈拉的回信

这个城市的夏日里，每每一场雨后，总是会起一阵凉爽的风。这些风既柔和了阳光的强烈，又赶走了先前雨期里的阴霾。在这样的日子里，事物总是显得清晰而真实，不带有光亮度对其的感情修饰。以至于连人都容易在这样的天气里把纷繁复杂的事情平静地想个清楚。

出院后的第二天，安雅一大早就去了咖啡店。那个时候木尼正在用半湿的抹布仔仔细细地擦着咖啡桌，看到安雅进来，不禁有些惊讶。他放下了抹布，招呼着安雅坐到他已经清洁过的座位上，自己也放下了手中的活，陪安雅一同坐下。

"今天是怎么了，一大早就来了？"木尼问道。

"也没怎么，我想了一些事，想说出来给你听听。"安雅说道。

"你说吧。"木尼说道。

安雅转过头望了望咖啡店的书架，用手指过去，说道："还记得那本书吗？"

木尼顺着安雅手指的方向看到了书架的最外面摆着那本书。

　　"三毛的《撒哈拉的故事》，我当然记得。正是靠了它，我才能认识你呢。"木尼打趣地说道。

　　"唔，知道我为什么被它吸引住了吗？"安雅问着木尼，木尼摇了摇头。安雅接着说道，"那书的开篇，是三毛的母亲寄给远在撒哈拉的三毛的一封信，质朴而真实地说出了对三毛的牵挂和祝福。纵使这个世上，人的差异那样大，可妈妈对待女儿的那一份情感却是如出一辙。所以当我看到三毛母亲真切的言语时，我就想到了妈妈。"

　　"这样说来，这城市就是你母亲眼里的撒哈拉了。"木尼说道。

　　安雅点了点头，接着说道："我看着这样一封信，就好像是我妈妈写给我的一样。所有的母亲都希望自己的女儿能够得到属于她的幸福。我一直都明白，妈妈不让我和那个男孩在一起是担心今后的道路会很难走，妈妈不希望我在他们有钱人的家里受到委屈，这一切我都体会得到。可我当时只觉得是妈妈看不明白，是她不够了解我的心。我知道我这样的出走会很伤妈妈的心。但我坚信，通过这样的努力我能得到最终的幸福。到了那时，妈妈也会知道她错了。让她看到我的幸福，我想是对她最大的抚慰。然而现在，我终于知道，错的人是我。

　　"今天早上我给家里打了电话，是妈妈接的。我本想告诉妈妈我知道错了，可我还没来得及说，妈妈就在电话的另一头抢先说了，她要我什么都别说了，只要快点回家，这便足够。妈妈说她和爸爸会在家一直等着我，等我回家就给我做我最爱吃的饭菜。我听完就哭了，搁下了电话。就在那一刻，我终于明白：对父母来说，孩子们犯的错永远不会记在心里。

"我想通了，该面对的人和事总要去面对。我买了今天下午的火车票，我想我得回家了。"

木尼听完了安雅这一段的诉说，也不知是喜还是忧。他高兴的是安雅终于走出了情感的阴影，也敢于面对现实了，似乎她又可以走回以前安定的道路。然而另一方面，木尼明白，安雅就要离开自己了。在他们刚刚有了一些感情摩擦的时候，安雅却要离开这个城市了。木尼低着头想了一会儿，终于还是开口说了话："这样很好，你总算同父母和好了。经过了这一次，我想你成长了许多。"

安雅点了点头，说道："《撒哈拉的故事》里是母亲寄往撒哈拉的信，那是母亲对女儿的爱，却阴差阳错寄到了我的手里。这次回家，我也重新装好了一份来自女儿的爱，我希望以此能够作为在另一个'撒哈拉'写好的信。回寄给我的母亲。"

七　尾声

那天下午，木尼去火车站送了安雅。木尼将安雅的行李放置好后下了车，距离发车的时间不多了，安雅看了看站台上望着自己的木尼，依然带着他那一贯的笑容，总是从容得让人觉得安心。安雅突然站起身来，跑下车来到木尼跟前。

木尼看着安雅，安雅却不作任何言语。轻轻地，慢慢地，安雅给了木尼这个夏天里的第一个拥抱。在这一瞬间，木尼感受了一颗外来的心的温度，温暖的就像这个城市的夏天。安雅抱着木尼的时候，在他的耳边轻轻的说道："木尼，明年夏天，我还会来的，等我。"

　　送完拥抱，安雅重新上了车。火车两侧徐徐蒸出了浓密的白烟，一声汽笛在整个车站里划开了一道清晰而明亮的时光过道，在那过道里：

> 依旧是单调的阳光和磅礴的雨
>
> 依旧是街市的喧嚣和独处的寂寞
>
> 依旧是那些打马而过的时光和人事的剪影

　　只是从现在起，木尼开始喜欢上了夏天。

作者简介
FEIYANG

　　郝欣然，1991年3月16日生于武汉，曾就读于湖北武昌省实验中学。虽身于理科实验班，却喜爱写作。追求一种随遇而安的生活态度。（获第十一届新概念作文大赛一等奖）

踏梦去远方 ◎文/李念

引子

这是个季节，丁香花开。清素的空气里装载着晚春初夏的浪漫。愈发浓烈的花香；愈发翠绿的枝叶；还有校园中愈发明快的学生装束。在教学楼后的育秀园漫步，那儿有一个男孩，静静地看水从喷泉中涌出，散落……

我曾很费力地思考：就是这些缦回曲折的廊子，这些细致雕琢的花草和其间蕴育着的未果的爱情迫使我选择了铁中，一所虽然有些狭窄但是决不拥挤的学校，连同这一年虽有些自由但不致放纵的生活。我明白自己的骨子里有一种对繁华与忙碌的渴望。我向往白日车水马龙，塞满名车的街路；我向往夜里仍迸发激情,闪烁霓虹的城市,和那些微醺着歌唱的人。是的,我的梦在上海——一个作家笔下豪华、明亮而灯红酒绿的都市。谁也没有想到走过去年的七月我竟会踏在铁人中学的土地上。只为这里夏天的一抹抹绿色。

逃离了友情，走过了稚嫩，一段日子悄然而至。

你若撒野我今生把酒奉陪。

去年火热的七月
我是一根幸福的苇草
在微风中轻轻飘摇
让爱炽烈地燃烧

记得中考后网上公布成绩的那天，我正喝着果汁在家中用内网联机玩CS。我天生不是在网游中沉沦的人，一看到诸如CS这种3D制作的游戏画面便狂晕不止。所以一整天他都只能陪我在"ice world"中转来转去（那是我唯一不晕的地图）。

开始的时候是这个样子：我几乎手脚并用地买枪、穿防弹衣。刚要再装备一个手雷，也不知道从哪个方向射来一枪，"砰"，我看到屏幕里的自己随鲜血迸射而倒下。他端着枪把尸体打成筛子。"shit！"我大喊，回头看见他正龇着牙抢鼠标，一脸蔑视。

后来的时候是这个样子：在我的逼迫下他老实待在自己的老窝里不许出来。我在这边仍是手脚并用的买枪、装子弹，穿防弹衣……一切准备好后我端着枪跳出去，随着"砰"的一声再一次从半空飞落，又是一地的血。他用剩下的子弹打烂我的尸体，傻笑，还露出恶人的舌头。

最后的时候是这个样子：在我倒下后，他一脸无辜地说："实在不好意思，我又快了。"

在我死去活来 100 多次后，中考成绩在网上公布了。敲入我俩的考号，他一脸严肃地讲："这回，也许真的要死去活来了！"

回车。

两串数字：636、620。

我们还都活着。

但是，初中那些不舍的日子真的死去，再也无法复活。

这时已近傍晚，他抱着本本回家。我呢，骑着 50CC 向学校飞驰。我知道校门口的大榜前一定早已经堆满了人。在贴着一排排人名的板子前和同学们扯东扯西，一直熬到晚云被夕阳的余晖染成绛紫后才登上铁驴，晃晃悠悠地朝家的方向溜去。微凉的风掠过皮肤，拂过每一根汗毛。这一路过后我告别了四年忽明忽暗的日子，撞在一面叫做 "love" 的墙上。

本以为今生都无法再见。就在即将打散一年前阴霾的边缘，我撞见了她——筱可。通身的红色在淡淡的暮色中跳跃，像一个天使。

知道成绩后的几天，我真正感受到了中国教育是何等的失败。想起刚刚找人到一中读初中时，那些主任、书记、校长们的爷爷范儿，同他们讲话是看不到眼睛的。现在一批批冲到自己家中说诸如能力、潜力，留下来读高中会更有发展一类的话。我只能笑着想当初入学时怎么没看出我是个天才？一群势利油滑的老师，一帮近乎抓狂的家长和这些命运飘忽不定的孩子们，为了一个分数而变换 "爷爷" 与 "孙子" 的角色。

那个时候我相信自己是个天才，与中考的分数没有一毛钱关系。

是天才永远都会有用处的。

　　被铁人中学满园的苍翠迷惑后，我背上不多的衣物伙同三个兄弟一起坐上了开往上海的列车……

　　那是我所向往的城市。

　　没有家长，没有向导。我们一行四人捧着诺大的地图挤地铁、踩马路，看尽了用混凝土搭建的城市心脏。冰冷的人一次次擦肩而过；冰冷的人在列车飞车而过时相拥亲吻；冰冷的人当车门打开的一霎用屁股证明实力。可我喜欢，喜欢得发狂。甚至，我想就算坐在黄埔隧道里吹弹让自己泛呕的曲子换铜版也值得。

　　回到冷冷清清的家中。开学的日子已然不远，筱可也已然彻彻底底地闯进我的生活。她，一个时刻都散发可爱味道的女孩。就像我最爱喝的"伊利GG"酸奶，可以帮助消化不少沉在胃里的苦闷。筱可非常疯狂，狠狠地爱，狠狠地憎。我们牵着手看《神话》，我们相拥坐在计程车里看窗外排排后退的白杨。

　　　　唱支歌给蓝蓝的天
　　　　请晚霞映照你红彤彤的脸
　　　　身披着夕阳头顶星空
　　　　寻找那最好看的花儿送给你

　　在铁中飞满黄沙，一地碎石的操场上，我结识了二弟泽宇，三弟先河，个子高高的冰天。还有二弟远在七台河的婷婷，三弟在五十六中的丛儿，冰天庆中的小琦。

我们几个兄弟整天捆在一起，因为我们都相信爱情可以炽烈的跨越时空。

大约是三个月后吧。

二弟不再给远方的婷婷写很长很长的信；三弟收到丛儿的最后一封辞别的短信后消沉了一周，没再陪我到女生寝室楼下K歌，冰天终于也放弃了跷课跑去庆中的一路奔波。

就是这个时候筱可在电话里平静地说："我们还是分开吧。"

三个月后，我们几个兄弟仍整日捆在一起。因为我们经历了三个月的混乱爱情，炼造出来的真理就是友谊无坚不摧！

电话里我吼着三弟教给我的说词："你走吧，去寻找你喜欢的人。当你围着地球跑一圈，被骗够了，玩够了，伤够了再回来找我。"心上却留下一个窟窿，还带着火药灼伤的味道。筱可，就像我玩CS第一种场景里的那颗子弹，来于无形之中，即刻便带走我的体温。自始至终都笑眯眯地闪烁着眸子，她端着枪，打烂倒在地上的尸体……

之后的生活极为平淡，忙着组织学校的各种活动，整天带尉远东跑西颠。蔚远是我铁中第一个名为"基地班"的同桌。我们能坐到一起颇有一点悲剧色彩：排座位时我急着找大眼睛，会甜甜微笑的姑娘；而她正苦寻一位有高高个子，帅帅长相的小伙。经过了无数次的打击，同样心灰意冷的我们坐到了一起，教室第一排的最左边。

蔚远有一双开始让我看了都直冒冷汗的眼睛——出奇的大。

随意教会了她如何玩布满旋钮、接线的混音台和各式效果器，我拉着她闯进了铁中学生团总支的信息部。

有时候我也会很疑惑地想，竟然有这样一个小姑娘喜欢在昏暗拥挤的设备间内呼吸机器排出的温热空气。随着节奏不停地手忙脚乱，喝可乐，看外面舞台上化了浓妆的孩子们演绎青春。或者，噬耗年华。音乐高潮的时候，我会用手来回拉动主音推子并开大重低音。每一个音柱都躺在有很多裂痕的红木地板上嘶吼。她将所有的回光灯渐渐熄灭，接通激光频闪。背景幕上浮现出无比高大的晃动的影子，仿佛要吞噬台下起起落落的萤光棒。

外面很 High，很热。屋里很静，很冷。外面的人洋溢着激情。屋里的我像个老人，只是执著地盯着十几个一亮一暗的指示灯。

自从认识蔚远，我开始喝康师傅的茉莉清茶，上面写着"花清香，茶新味"，这里面有蔚远的名字。其实我从来没有相信过男女生之间所谓的纯洁友谊。在这个懵懂的季节每一颗心都雀跃着几分骚动。蔚远和我是个特例，原因上面有：我喜欢大眼睛，会甜甜微笑的女孩，而她倾慕高高的"帅哥"。所以我们各自寻觅着属于自己的一份幸福，又在伤痛中彼此宽慰。

又是因为中国失败的教育体制，一次分班考试我沦落到重点班，自然离开了蔚远这个死党。但我们还是很要好，我想这样的朋友一生中遇到一个足矣。

我喜欢女孩子微笑时上扬的嘴角，但是没有一个女孩子能笑得如此自然，如此甜而不腻。故事就发生在考场上我猛一回头所撞见的微笑。

> 记得那一天　上帝安排我们见了面
> 我知道我已经看到了春天
> 记得那一天　带着想你的日夜期盼
> 迫切地想知道何时再相见
> 记得那一天　等待在心中点起火焰
> 我仿佛看到了命运的终转
> 记得那一天　你像是丢不掉的烟
> 弥漫着我再也驱赶不散

庆儿曾笑我以貌取人。坦白讲那次回眸，我看到了一张沁着红润，让我有伸手触摸冲动的脸。

> 难以忘记，初次见你，一双迷人的眼睛
> 在我脑海里，你的身影，挥洒不去……

分班考试的卷子一科比一科变态，开始的踌躇满志在考完一科物理后所剩无几。还有三分钟就要交卷子了，扫一眼题卡，真的是怎一个"惨"字了得。一共五道综合题，两道题后面只有一个大大的"解"字歪斜地靠着；一道题刷满了白色的涂改液——未干，飘出我很钟情但传说中能致癌的气味。拿不准的选择题和填空题分数加起来也和综合题旗鼓相当。我正浑浑地想是干一道大题还是突破三个小题时，旁边的一个兄弟"呼"地拽起卷子撕个粉碎，把笔狠狠一砸，大吼道："TMD 老子弃理从文了！"

真是大哥级人物啊。够爽，够男人。我笑了一下，可自己还得为四化建设作贡献呢。在老师抢钱一样动手收卷子之前我匆匆蒙上几个选择填空。

之后的两天，以往对考试的兴奋感被厌烦取代。我总是第一个进考场，打开所有的窗子。最后一个离开，一一关上它们。好不急躁地翻看复习资料，只是重复着转笔——掉了——捡起来——再转的动作，然后发呆……

终于要圆满了，我兴奋地填涂最后一科考卷的考号，感觉有东西轻轻地碰了一下我的后背。这时候还有苍蝇？生命力真的很强悍。难道吃了蚁力神？禁不住失声笑了笑。"又犯神经。"我自语。

同样的感觉再一次袭来，这回后背隐隐作痛。不对，没有这么猖獗的苍蝇吧？如此活泼？我一回头就撞见开始提到的那双眼睛——大海般澄明，还有浅浅的微笑、淡红的脸颊。

"看什么看，有毛病啊？"

"哦。"

"哦什么哦，骂你还答应。快，我墨水瓶拧不开了。"

"嗯。"

恍惚中（别笑，天下的男人这时候都会恍惚）我接过墨水瓶，用力拧了一下——没开。再用力拧很多下——还是没开！我承认那时天下最糗的男人便是我。最后我握着墨水瓶猛地撞了一下桌角，轻松地拧开了她形状诡异的墨水瓶，潇洒地回身说："No thanks."
旁边另一个同学嘀咕："这两天大哥级人物怎么这么多？"

　　本以为这是一段没有结局的童话，可补习班上的一张字条却续写了淡蓝色的情节。

　　因为物理只蒙了 50 分回家，寒假不得不到补习班上课。第一天上课我晚到了十分钟，推开门后我的一个死党大叫："啊！首长来了，快，我帮你占了个好位置，周围都是小姑娘，漂亮的啊。"我走到座位边上低头拉凳子的瞬间又一次撞到了那双眼睛。

　　所以我们在一个补习班。

　　所以我坐在了她的身后。

　　所以我涂了一张字条：

　　　　还记得我吗？分班试时帮你砸墨水瓶的帅 ×。

　　　　这么巧啊，今天我坐你后面了。

　　　　交个朋友吧！

　　　　My QQ 17972★★★

　　　　Cell Phone 13614597★★★

　　　　你呢？

　　所以她微红着脸抛回来：

　　　　可以啊

但是我没有 QQ 不好意思……

我的电话 139★★★★★★★★

所以我算是结识了她——水夏。

回家的路上发了一条短信给水夏：我已经认识你了，可你还不知道我的名字吧，不想问问？苦等了几分钟，手机一震。"早就知道你了，团委的大忙人。不就是搞晚会时抓着对讲机乱喊的虾导嘛。"

原来这样也可以出名。

混过了寒假，一开学自己就像演电视剧一样疯狂。

晚上拉她到操场看我放翻墙"走私"回来的烟火。那天好像是正月十五，在看上去很圆很亮的月亮下面，我们微笑着抬头仰望。上课铃响过两次后哄闹的操场渐渐静了下来。留下一地未燃尽的纸筒和幽蓝的烟雾，我们一直站到脖子酸痛才跑回各自的班级。

一次大雪天，我从学校的侧面围墙跳了出去。找了很多市场买新鲜而且好看的菠菜，用包玫瑰的礼品纸捆起来。晚自习前我把她叫到门外很虔诚地说："嘿嘿，我要送你一样特别的礼物，秋……啊不是'冬菠'。"

借给她 CD 机时，我塞进一张被剪成光盘形状的信纸。写满了透着忧伤或是调侃的文字，告诉她每一丝从我心里溜过的感觉。

曾经买过一支水印笔，在心形的纸卡上写下"真心防伪标识"。站在学校花园旁的凉亭里，我神秘地搬出一个验钞机。把纸卡放进去，几个冰蓝色的水印字显出形来。水夏抢过卡片跑到路灯下照了半天，急着喊："没有了？什么都看不见！"我把验钞机递给她："只能用这个才能看得到。证明我对你的真心没有半点虚假。"她小心地把纸卡塞进去，按一下开关文字又浮了出来。"太好玩了，哈哈，你怎么弄的啊？"水夏笑着，眼睛里流淌出的惊奇比冰蓝色的字更唯美。

我说服广播站的学姐让她进"家之声"做播音员。每个周六寝室楼里都能有这样的声音回荡：

> 用另一种视角去品察生活
> 用另一种心态去发觉快乐
> 讲述校园生活中每一件奇闻轶事
> 解说时代浪潮中每一次风起云涌
> 这里是"家之声"广播站周六早间节目"魅力第六天"
> 大家好我是虾米
> 我是水夏

她播音时会很紧张，脸总是更加红润；语速总是更快，稍稍的跳跃。在"家之声"，冬天，我从未感到寒冷。我终于明白喜欢上一个女孩，喜欢她的就不仅是一个微笑，一双眼睛，而是她的每一个动作。

春天的时候，满园的丁香争相开放。庆儿和我单独坐在教室里扯天谈地，她的声音突然变得细软："水夏喜欢上了隔壁班的一个男生。"说完后用愤愤眼光盯着我。"谁啊?"我并没有张开嘴巴,只是从喉咙挤出两个没有意义的字。"你不认识,长得不是很帅,但是他可以为了她去打篮球。水夏喜欢看男生打篮球,你为什么不打? 为什么总是大男子主义?"庆儿生气地一口气说完这些话。她依旧饱含怜悯略带愤愤地盯着我,胸口不断上下浮动。我也看着她缓缓说:"这个年代有很多人为了所谓的帅气才去打球,就如同这个年龄我们为了烂醉而去喝酒一样。我的个性不是这样,我不想为了什么而做自己不喜欢的事情。还有我不是大男子主义,绝对不是!"

庆儿又要说什么反驳我的话。门被"砰"的一声撞开,蔻蔻穿着一身白色冲了进来,诡笑着问:"聊什么国家大事呢? 这么神秘。"还没等我回答,她抓起粉色的索爱卡通手机跑了出去,残留一阵发香。蔻蔻是我现在重点班的同桌。基地班这几个字我就烦得不行,结果重点班的学生们仍旧放不下虚伪的面具。自己调侃我们十四班是重点中的基地,比其他重点班实力都强得多。

原来虚伪不是一个人的事。

刚坐到蔻蔻身边时装了两节课的乖孩子,一句话都没有说,只顾做题、看书。甚至,不敢偷偷地窥视一下她的侧脸。她也好像没有看我一眼,静静地演算。

两节课后,我们统统原形毕露,才知道彼此都是活泼的孩子。开朗的人总是清水,一接触就融合在一起。没过几天我们就成为了很要好的朋友。

刚开学时我们就见过面了。是在学校组织的军训野外拉练联欢会上，她穿着一身的粉色跳现代舞，而我在一旁调音。我很喜欢看女孩子跳舞，有一种美的气息散向四方。但是那天我没有过多的注意她，因为我更喜欢调弄音乐。面对混音台我可以忘了一切。后来才知道她从小就接受了专业的舞蹈训练，民族舞是她的主修，后来跳了几年芭蕾。现代舞——据她所说只是自己随便玩玩自学的。我还是喜欢看她跳现代舞——在我没看到她跳芭蕾之前。

十一国庆的晚会我们再次相遇。那是我们校团委组织的一场文艺晚会，她穿着一条背带裤唱蔡依林的《说爱你》，而我还是在一旁调音。这回当我看回放录像时很兴奋地对老妈说："看看这个小姑娘，舞蹈动作很专业啊，台风也很不错。"同样是后来才知道她很钟爱蔡依林的歌。现在她整天唱《心型圈》，不知不觉我也觉得很好听。

后来，我们坐到一起后，一次我无意带了几只香蕉到学校吃。我不喜欢吃香蕉，可能是那天脑子被驴踩了吧。她看到有香蕉吃一把抢去一只，几秒钟后抛回来可怜的香蕉皮。从此我知道在自己身边养了一只小馋猫。不知怎的我竟也变得很喜欢吃香蕉。我们经常因为一只诱人的香蕉而挣来抢去。

很长时间后，她告诉我她第一次抢我的香蕉之前也不喜欢吃这么变态的水果。原来喜好也可以这样改变。

再后来，我们之间发生了许多事情。那一个个闪亮着缤纷色彩的画面我想不会再忘记。

"你若撒野我今生把酒奉陪"。时间仍一分一秒地流逝，谁也无法改编生活的情节。在戏里，我们演绎着现实的剧本。笑着、哭着、疯狂着……

有人写文章说：一个在风雨中打拼多年的商人，当他事业有成，就不再渴望享受奢美的生活。他会在许愿池边轻轻默念："我想回家！"身后白鸽群群飞旋，向着家的方向。

一个在茂林中贪玩而迷失方向的孩子，当天色渐晚，冷风袭来就不再流连阳光下缤纷的蝴蝶。他不停奔跑，不停呼唤："妈妈，我想回家！"头顶雨燕结队掠过，向着家的方向。

> 家是个港湾
> 是游子回头眺望的地平线
> 家是个港湾
> 是水手出行背起的一包思念
> 家中有温暖相随幸福相伴
> 而我是船
> 却已不再停泊不再靠岸

这个周末没有回家。也许，更多的是不想回去。自从初四以来，我的家就失去了原有的家的感觉。每个周末都回放着同一段生活录影，只是时间不同罢了。从 2004 的暮春到 2006 的仲夏，没有任何的改变。

回到家后，先是从包中拿出穿脏的衣服扔进卫生间。然后打开电脑，发些无聊的帖子。这里的无聊只限于讨论当红歌星，斥骂日本罪行，摆布星座运势。在网络上我有许多ID，甚至无法准确地记得登入密码。每一个ID所表现出来的性格当然不同，这就是互联网的优点，让喜欢虚伪的人如鱼得水。扯自己的蛋别人永远不会知道你是谁。刚开始我非常痛恨这种见不得人的掩饰，后来也就习惯了。毕竟这个年代，不大的高中生都可以一个人同时弄许多女朋友且称呼不同。有的叫"某某姐"，有的叫"××妹"，有的叫"媳妇"，说来道去还不是卿卿我我的关系。一想到这儿心总是一颤，再过十年中国按人口比例计算都将有五千万光棍确确实实地讨不到老婆，自己不是很危险？苍天啊，在比例如此不平衡时怎么还容许有这么多脸都不要的人吃着碗里的、看着锅里的脚下还踩着几个盆。放个炸雷劈死他们吧！

"有招想去，没招死去！"低沉的声音从天而降……

原来现实可以这么残酷。

晚上吃饭时，老爸顶着黑白相间的头发大口吃菜，总是不时地说："孩子啊，平时都吃不上这么好的菜，你一回家你老妈做饭特有心情，跟过年一样。"我很大声地"嗯"一下，再夹上一大口菜咽下去。"你看老妈多用心，你再多吃些。长长个子，长长智商，努努力一定能考个名牌大学。将来出国留学带老妈去美国转一圈哦。"妈妈也憧憬着说。我望着老妈再很大声地"嗯"一下，塞一大口饭在嘴里。其实饭菜的味道不至于狼吞虎咽，我只是暗地里把口中的食物想象成中国的教育，一口口地把它嚼烂。沉默了十几分钟后老爸再次开口："学校有什么活动吗？你们考试了吧？总是不考试也不行啊！""哦，没什么活动，也没考试。到高中了谁还成天考试啊。"

我平平地回答。其实我很想跟他们讲我们团委举办的"纪念五四运动大型文艺晚会"刚刚结束，很想当着他们的面吹嘘一下整台晚会的舞美都由我总负责，还有晚会前后说一个晚上也说不完的轶事。可我把这一切都压在心底，我知道他们已不会因为这种事情而喜笑颜开。所以我埋下头，只顾吃饭。

如果以上的场景发生在一个工人或是农民家庭显得格外正常，但是老爸老妈都是正规大学毕业的本科生。他们变得把一纸文凭看做是超乎于自己和我生命的东西，把我考上一所好大学看为整个后半生的追求，这是个让人无言以对的悲哀。

记得小时候我没有参加过任何补习班，爸妈可以带我玩遍大庆的所有公园，为了让我晚点受应试教育的摧残，我比其他孩子晚一年入学。

那时回家要做的第一件事就是告诉他们我跑步第一名得了一罐可乐，学校开联欢会排节目我领舞……

而现在，这种兴奋和等待夸奖的心荡然无存。我只有坐在饭桌边"嗯"一声，"哦"一声，然后静静地吃完晚饭。

周日上午的时间过得飞快，常常没写完几张卷子厨房的菜香就不可阻挡地钻进鼻孔。在我的小窝写作业，老爸老妈一定会不时地轮流闯进来，给我一杯水，问我中午吃什么，或是偷偷地看上一眼。我知道他们是在观察我的学习状态。门被推开的一瞬间流淌的音符断裂了，莫名的冲动让我想对着他们大喊，可是我一次次克制自己不要这样。我知道他们会伤心，很伤心……

我才十七岁。我不想独自承担青春的忧伤。可我的家已经变为一个车站，不是起点也不是终点。我的家，一个漫漫旅途中的小站。没有站前挤满商铺的街道，没有候车厅内可以消磨时间的放映室、Net 吧。只存在一排排空空的长椅，下车后我便独自靠在上面，独自听歌，独自看报，独自等晚点的下一班列车驶过。

这期间我会到唯一的小超市买些供下次奔波用的东西，然后打点行李继续流浪。流浪，远方……

家是个港湾，我已不是靠岸的船。

作者简介
FEIYANG

李念，理科生，偶然涉足新概念，意外获奖。不会编故事，作品基本写实，相当低产。（获第十一届新概念作文大赛一等奖）

我们和猫一起流浪吧 ◎文/杨雨辰

一

就是这样一个阳光可以穿透所有的叶脉和罅隙直射入眼睑的午后，以郑叶茗的角度看过去，一切都是金色的，她于是想起谁说过的一句很隐喻的话：这个世界是银子的。郑叶茗心想，这个世界明明是金子的。

抱着这样明亮的心情，郑叶茗走路的时候两手都甩得很高，几乎要把那个装盒饭的塑料袋子弄破，汤汁溅得到处乱飞，半径五米之内无人敢靠近，只有身后不远处尾随着几只慵懒的野猫，迎着阳光，瞳人变成枣核的形状。

由于女生们的爱心泛滥，学校里野猫的数量正在呈直线上升的趋势增长。校园里随处可见的是大野猫、小野猫、公野猫，还有拖家带口的母野猫，领着一群小猫崽沿着花坛边匆匆走过去。这些猫很少认生，它在马路中间晒太阳的时候就算有人从身边走过去，它也不会正眼瞧一下，除非谁踩到了它的尾巴。还有的厚脸皮的猫在饥饿状态下就腆着脸蹭过来，用脑袋摩挲摩挲路人的裤脚，得到几块肉或者香肠。郑叶茗的咪一、咪二、咪三就是这么三只厚脸皮的猫。

那天郑叶茗下了课以后在学校门口买了两串羊肉串，边走边吃，路过花坛的时候就被突然蹿出的三只猫吓得手一抖，吃了一半的肉串掉在地上，郑叶茗还没来得及心疼，三只猫就已经蹲在她脚边一边舔嘴一边觊觎她手里的另一串羊肉了，全都"喵喵"地开始蹭郑叶茗的裤脚。郑叶茗好脾气地把剩下的也给了它们，三只猫吃饱喝足后扬长而去。郑叶茗心想这几个小东西还真是没良心。

后来的几天，三只猫像打了埋伏一样，总是在郑叶茗眼前适时地现身，就像三流肥皂剧里面男主角总是及时出现在女主角视线当中一样。郑叶茗很无奈地把自己的零食都扔给它们，想着我招你们惹你们了，我欠你什么了啊。后来郑叶茗习惯性地每天带晚饭给它们吃，还给它们按大小编了号：咪一、咪二、咪三。三只厚脸皮的猫恬不知耻地每天安心享受郑叶茗的盒饭。

然而有这么一天，当郑叶茗甩着盒饭走到花坛边上的时候，突然看到有一个人蹲在那里正在掰咪二的嘴巴。咪二"喵呜喵呜"地惨叫不已。郑叶茗吓得呆立在原地，她想起某高校里面的虐猫事件，还有网上登载过的变态虐猫图，顿时觉得毛骨悚然。顾不上那么多，郑叶茗脱下肩上的书包，一个箭步冲上去就照准了那个人的头上抡。书包里装的满满当当的毛泽东思想、邓小平理论、三个代表线性、代数、英语阅读练习题、草稿本撞到那人头上发出"咚咚"的闷响。

"啊！"男生倒在地上，低声呻吟了一下，咪二趁机从他手里逃脱，钻到草丛里消失了。

郑叶茗用眼睛斜睨男生，转身要走。结果手腕却被死死攥住了，郑叶茗惊得脊背发凉，吓出了一身冷汗："你……你想干什么！"

男生一脸愠怒："为什么打我？！"

郑叶茗心想完了完了，这个人要发飙了，死定了。索性心一横，连珠炮一样对着满脸黑线的男生大声说道："你这个人怎么那么狠啊一只小猫饿了找你要东西吃而已啊你可以不给它呀为什么要掰它的嘴巴虐待它啊你是不是变态啊趁现在还有救赶紧悬崖勒马到心理诊所去看看吧以后再这么发展下去迟早会出事情的……"

男生太阳穴的青筋开始暴起，冲郑叶茗吼道："我拜托你看看清楚好不好！我刚才是在救那只猫！它之前吞了根骨头，卡到喉咙里了！再晚一会儿它就会死的！"男生右手捏着一块细长的骨头，就像电影电视剧里面蒙冤受辱的正面人物拿到了什么至关重要的证明自己无罪的东西，镜头在这个时候一定要给个特写，以洗刷主人公的冤屈。

郑叶茗窘得耳根子都发了烫，两只脚不停地在地上画圈圈，支支吾吾理不直气不壮地说："呃……对……对不起啊……我不是……不是故意的……"

男生很大度地甩甩手："算了算了，不跟你小丫头一般见识。"之后他拍了拍身上的土，头也不回地消失在郑叶茗的视线里。

郑叶茗心情沮丧地打开盒饭，招呼咪一咪二咪三，可三只猫竟然反常地没有出来。郑叶茗把盒饭留在原地，刚转身走了两步，几只陌生的野猫就凑到盒饭前面开始大快朵颐。郑叶茗感到一种莫可名状的失落。

二

在经过一上午英文老头的"摧残"后，郑叶茗揉一揉惺忪的睡眼，又悄悄抹了一把嘴角，还好没有口水流出来。于是她拖着疲惫不堪的身体，到食堂打包了一份饭，浑浑沌沌地往女生寝室走，眼睛像被谁死命地往下拉，腿也灌满了铅似的抬也抬不起来。早知道前一天晚上就不该通宵看小说，早上又挣扎着爬起来背英语课上要听写的单词。

在郑叶茗穿越篮球场的时候，一只篮球在空中画了一道完美的抛物线，就向着郑叶茗的方向飞过去。郑叶茗像一块被推倒的多米诺骨牌一样，直挺挺地和篮球一起应声坠地。一群男生跑着围拢了过来。

"靠，不会那么脆弱吧！还没砸到就晕了！"

"喂，怎么办啊？！"

"刚是谁把球打出去的？"

"看我干什么，又不是我！"

"好像是……"

"许谦和吧……"

额头上贴着创可贴的男生从众人之中站了出来，背起郑叶茗往校医务室方向一路小跑，后面的男生们面面相觑，暧昧地笑笑，作鸟兽散。这个时候郑叶茗手里依然紧紧地抓着装盒饭的塑料袋，菜汁沿男生的小腿一路滴洒下来，又惹来了一群野猫。

"她没事，就是缺少睡眠而已，多躺一躺就没事了。"校医扶了扶金丝框眼镜，对男生说。男生松了一口气，找医生要了两张面纸，擦了擦腿上的汤汁，他刚刚才把郑叶茗已经打翻的盒饭扔掉。于是他又匆匆赶到食堂重新打了一份饭。

当男生带着饭回到医务室的时候，郑叶茗已经醒过来。她坐在床边一脸茫然。

"哎，你的饭。这下，我们扯平了。"男生把饭递给郑叶茗，顺便摸了摸额头上的创可贴。

郑叶茗认出那个创可贴的位置刚好是两天前她的书包重重砸过的那个位置。郑叶茗揉揉太阳穴，说："这报应来得真快。"

两个人同时笑出了声。

"你叫什么名字？"

"郑叶茗。"

"我叫许谦和。"男生笑的时候露出五颗好看的牙齿，郑叶茗想他一定每天晚上刷完牙以后就不再吃零食了。

三

好像生活中凭空地被捏造出来一个人一样，郑叶茗的视界里于是就多出了这么个许谦和，走到哪里似乎都能碰到：上课的途中，食堂打饭的窗口前，学校附近的小超市，就连郑叶茗到图书馆，刚抽出来一本书，就看到了书架后边那张熟悉的脸和她说"嘿"。不知为什么，这让郑叶茗感到无所适从，尴尬不已。每次都是手忙脚乱地要么不小心甩掉水壶，要么踩到了鞋带险些跌倒，甚至有一次因为急匆匆地吞下一串关东煮而烫伤了喉咙，泪眼婆娑地望着许谦和，让他以为她在哭，慌忙掏出了口袋里的手帕递给郑叶茗擦眼泪。郑叶茗接过来折得方方正正的手帕，心想这是一个多么精致的少年。

就算是电影电视剧里面的客串人物，出镜率也不该这么高吧，整个人的生活由于一个人的突然出现，就开始失真起来。郑叶茗无意识中用勺子把米饭搅得乱七八糟。

薛明莉一边往脸上喷面部保湿喷雾一边抿着嘴含糊不清地问郑叶茗小妞你是不是谈恋爱啦。郑叶茗胡乱抹了一把嘴，不住地摇头否定。她想这怎么可能呢，我天天见他，可一想起他，就忘记了他的样子……郑叶茗又摇摇头，想甩掉自己漫无边际的臆想。她把盒饭套好塑料袋，准备到小花坛边上去喂喂咪一咪二咪三。

最近咪一好像越来越胖，天气变凉，猫们卯足了劲儿地吃。郑叶茗每天带给咪一咪二咪三的饭似乎已经不够了。她内疚地望着咪一意犹未尽的脸，说："真的只有这些了，不然够你们吃，不够我吃了。"说是这么说，但郑叶茗仍然常常自己饿着肚子喂猫。

一片树叶落在郑叶茗跟前，她捡起来夹在书里。

四

在这样的季节里，深秋，郑叶茗已经未雨绸缪地套上了薄毛衣。但学校里仍随处可见只穿了丝袜和短裙的女孩，她们似乎永远是不怕冷的，郑叶茗每次一看到她们就忍不住替她们发起抖来。难道她们不怕得关节炎吗？郑叶茗想，这个时候她的手指尖冰凉，只好不停地用手掌摩擦。

　　郑叶茗穿着厚厚的外套，出门之前已经被薛明莉损了一通了说她穿得像个太空人。在通向自修室的路上，郑叶茗看到了一个裹得和她一样严实的人，他似乎更加夸张一些：连帽子都遮住了大半颗头。从远处看，就像一只正在移动的牛肉贡丸。郑叶茗咧开嘴笑了笑，她有意走到那个人的前面，假装不经意地回了头，却看到了一张同样惊诧的脸。

　　"咦，你也来自习的吗？"

　　"是啊。"郑叶茗拉了拉领口的拉链，瓮声瓮气地回答。

　　"好冷啊。"

　　"是啊。"

　　两个貌似贡丸的人这样有一搭没一搭地继续着毫无营养毫无意义的对话。至于到底讲了些什么，郑叶茗自己都忘记了，那天带到自修室的书，郑叶茗每一段字的阅读都费了很大的劲，用了很长时间，从头看到尾，又重新看一遍，来来去去看到了什么东西，也全都忘记了。只是记得夹在书中的那枚树叶已经干掉了，叶脉清晰地连着褐色的汁液一起印在语文书的第五十七页。

五

　　郑叶茗这一天由于到自修室去看书忘记了时间，直到晚上十点自修室要关门了，她才想起自己没有吃晚饭，还有咪一咪二咪三，它们是不是还饿着肚子。郑叶茗这样想着，就赶紧跑到最近的便利店买来两根香肠，到通往寝室的路上的小花坛边上寻找三只饥肠辘辘的肥猫。咪一咪二咪三慵懒地趴在冬青的阴影里，昏暗的路灯余光打在它们身上。似乎等待很长时间了吧，它们看到气喘吁吁的郑叶茗，嗔怪地叫起来。

郑叶茗帮着三只猫挠挠脖子，它们享受地蜷缩在她的脚边轻轻打呼，之后突然警觉地转动自己的耳朵，郑叶茗转头看到薛明莉两只胳膊挂着许谦和，两个人的影子依偎在一起，然后被路灯拉得很长。郑叶茗觉得有一股冷风扑面而来，从领口一直灌到心口。她紧了紧领口的衣服，把自己裹得像一只把头埋在沙土里面的鸵鸟，屁股露在外面。

"哎，"薛明莉在背后叫她，"叶子！"

郑叶茗假装没有听到，快速向寝室走去。

"我之前叫你你怎么不搭理我啊。"晚郑叶茗一步回到寝室的薛明莉扁着嘴巴问她。

"啊？你叫我了吗？我耳朵里塞着耳塞听歌呢，没听到你叫我啊。"郑叶茗说谎的时候总喜欢绞动自己的手指。

"哦，这样啊。"

"嗯。"

六

日子还是以太阳照常从东方升起西方落下的方式行进了，并没有半点偏离了轨道。郑叶茗还是未雨绸缪地穿着厚厚的衣服，把自己打扮成贡丸的样子去自修室，每天买食物喂三只没心肝的猫咪，然后她就发现咪一肚子膨胀得都要快耷拉到地上了，圆滚滚的像个球，似乎……是怀孕了呢。

于是郑叶茗吃得更少了，把有营养的东西都给了咪一，她看着咪一低着头专心地咬一块骨头，心里面就会觉得快慰无比。因为常常吃不饱肚子，所以郑叶茗只能穿更多的衣服保暖了。薛明莉就笑，叶子啊你真是越来越像太空人了，然后她把眼线液沿着睫毛根部小心翼翼地刷过去，又用睫毛夹把睫毛夹弯，涂了两层睫毛膏。郑叶茗在薛明莉的小镜子里面看到自己臃肿的身躯，想着薛明莉为什么就能这么精致。

咪一的失踪似乎毫无预兆，只剩下咪二咪三，恬不知耻地每天多吃了一份饭。郑叶茗提心吊胆地认为这个学校会不会是真的有虐猫人士的存在。晚上做梦的时候她梦到咪一被破膛剖腹，小猫们死在血污里，咪一的尸体就像被遗弃的空的塑料袋，毫无生气地躺在那里。郑叶茗醒来的时候满头都是汗，然后她侧过身，蜷缩起身体，抱紧了自己，用被子掩住脸，眼泪一颗一颗从左眼涌到右眼，然后扑簌扑簌地都砸在枕巾上。

七

由于长时间的熬夜和情绪低落，郑叶茗终于还是支撑不住，发了高烧。她请假回了家。郑叶茗心想，不管怎么样，学校里还是有很多爱心泛滥的女孩子去喂那两只厚脸皮的咪二咪三吧。

果然还是回家的伙食好，尽管郑叶茗正是发烧的时候，体内旺盛的食欲虽然被销蚀了一大半，可是郑叶茗看到满桌子的鸡鸭鱼肉时，还是忍不住化身饕餮，完了还习惯性地想要把骨头和肉带给三只猫。

郑叶茗捏着一根鱼刺，突然想起了另一只贡丸，许谦和。郑叶茗依然忘不掉一个男生的背影，努力地抓住紧张的猫，想要把卡在它喉咙里的骨头拿出来，却被失控的猫咪抓得满手是血，还要被一个莫名其妙出现搞不清楚状况的女生，狠狠地用背包砸在头上。不知道他现在和薛明莉是不是牵着手一起压马路，是不是在她旁边低低地耳语，讲几个笑话逗她笑，薛明莉笑起来嘴角边挂着两个小梨涡，那么好看。

八

一周之后重新回到学校，学校里的猫咪似乎变多了，在郑叶茗提着从家里带来的肉出现在小花坛的时候，她看到蹲在那里喂猫的许谦和。还有咪一的重新出现，它的肚子瘪了，只是不知道它把小猫藏到什么地方去了。

"哎，好久不见。"许谦和拍拍手心里食物的残渣。

"嗯。"郑叶茗蹲在地上替三只猫挠痒痒。

许谦和学着她的样子，三只猫呼呼地喘气，两个人的手在猫咪柔顺的皮毛间不经意地碰到，两个人都红透了脸颊，像碰到了烫的东西，立刻把自己的手缩回到袖子里面。夕阳从树叶的罅隙间打到男生棱角分明的侧脸，还有女生翕动的睫毛上。

九

学校的梧桐树叶再次长出绿色的时候，咪一带着三只小猫在墙壁边上小心翼翼地练习磨爪子。咪二咪三在不远处的树荫里闭上眼睛，耳朵不停地转动着。

薛明莉挽着许谦和的胳膊，嘴角浮起两只小梨涡，她说："哥，你什么时候才能鼓起勇气跟叶子表白啊？"

许谦和笑笑，看了看不远处正在望着猫咪们的郑叶茗，说："等到毕业吧，那天我们和猫一起去流浪。"

作者简介
FEIYANG

杨雨辰，女，1988年生，茁壮成长于沙尘暴肆虐的北方城市，曾就读于上海某大学广告专业。热爱生命但极度缺乏安全感，偶尔神经质与歇斯底里、妄想症，被爱情蚕食却依然相信温暖美好的承诺。现与一名光荣的武警战士热烈地交流"革命"感情中，不可自拔。向往面朝大海春暖花开的理想生活，相夫教子，码字为生。（获第九届新概念作文大赛一等奖，第十一届新概念作文大赛一等奖）

第一次 ◎文/王新乐

当你看着我

我没有开口已被你猜透

爱是没把握

还是没有符合你的要求

是我自己想得太多

还是你也在闪躲

如果真的选择是我

我鼓起勇气去接受

不知不觉让实现开始闪烁。

——光良《第一次》

杰像只刚学会双腿走路的小狐狸，试探着迈出步子却又要回头望自己差点露出的尾巴。这句比喻在任何刚满十八、处在高三暑假赋闲待学状态的男孩身上都适用。他们刚刚经历了六月的那次高考，还不习惯头上喷的啫喱的刺鼻化学味；不习惯第一次刮过的胡子像韭菜接茬生长；不习惯新买衬衫的硌人的领口；

更不习惯若无其事或是装作若无其事地捧一束玫瑰在胸口。只是像只小狐狸，时刻注意伪装却又泄露了伪装。

言归正传。

这是杰第一次在花店买康乃馨之外的花卉。虽然 6 月 10 日英语只考完不到二十四小时，好吧是仅有十六小时二十四分钟，但杰已经意识到自己可以摘掉高中生的那顶帽子，可以挣脱《中学生行为规范》了。

《中学生行为规范》，杰想到了这管理了自己七年，背得烂熟时时刻刻遵循连校服小到成了七分袖却还要穿着做广播体操的规范。现在，这些终于可以名正言顺地打破了。

规范有啥来着，杰边走边想。

应该是有不迟到不早退。杰依旧能记起高一时候他和薇安的那次不愉快。那时他正处于青春末期的叛逆阶段，为证明自己的存在不顾一切肆意妄为。先是在家发脾气，又是欺负小同学，后来发现大家都适应了他这种无赖习惯了，想突显自己的存在又开始找规范的麻烦。像那谁说的，生活不过是老天的一场戏。然而，很无聊的阶段却发生了让他铭记的事。

拿规范开刀的第一步，杰开始迟到了。七点的早读总是要等到七点半时才拿袋豆浆，拽着满是灰的破书包从后门钻进来。只因那天风大，坐后排的薇安把后门关上来档些风。杰习惯性地钻进时，却打不开那扇"破门"了。杰在后门外拼命地给薇安打手势叫她开门，可薇安似是真的专注于那些单词，就是对杰的求救无动于衷视而不见。讲台上戴黑框眼镜一脸严肃的老师领着大家读单词，正到

jump 的时候，杰从前门惊天般的一声"报告"，老师没把到口的单词收回来仍是大声的喊出 jump——杰以为老师叫自己跳进教室，于是在全班一片茫然的寂静中像兔子那样跳到自己位上。继而班里发出恍然大悟地哄堂大笑，带着气的老师也笑到了讲桌下。那笑声就一直持续了三年，到毕业时八哥仍会叫一声："杰子，跳一个。"

三年了，杰在去薇安家的路上又想起了高一时的那次哄堂大笑，以及薇安把自己拒之门外的近似于漠然的背影。今天，薇安会不会像三年前那样再一次把自己拒之门外呢？如果薇安同样的无动于衷，自己遭受的痛苦会比三年前更多吗？是不是自己又开了一个足以后悔三年或是后悔三十年的玩笑？还是也要想三年前一样一笑而过？薇安会给自己一笑而过的机会吗？

三年前确实是一笑而过了呢，杰继续回想。向左拐，穿过常去的那家爱书人音像店。店里正放着光良和江美琪的《对你有感觉》：

怎么会开始对你有了感觉

又深怕朋友默契转身不见

矛盾着犹豫不决

没准备

跨越爱的界线

自己并没有因这件事记薇安仇，反而正应了那句老话误打误撞，让自己和这个本不应该有交集的女生熟悉了起来。这不会就是所谓的缘分吧！杰半开玩笑地对自己说。

　　杰又想起了下早读后的那次开玩笑般的兴师问罪，他和八哥一拍薇安课桌上大魔眼铅笔盒，发出咔嚓一声类似惊堂木的声音，学包龙图般的语调："薇——安——你可知罪？"杰更记得薇安双手叉腰，回的那句"民女无罪，不知大人所指啊"。应该，自己应该就是从那时起喜欢上的薇安吧？"时间啊——"杰发出了一声感叹，抚摸着一家成衣店的落地窗玻璃上的花纹继续前行。

　　但时间似乎会刻意地淹没一些东西，又浮起一些。比如薇安的大魔眼铅笔盒，很旧的那种，灰色的铁盒外面喷上蓝色的漆。杰忘记自己何时也拥有过一个但不久就换成笔袋的大魔眼了。他只记得薇安高中三年仍用着。他记得自己会有些胆怯地低着头走到薇安桌前，用右手食指轻敲一下放在书桌左上角的笔盒："嘿，薇安，放学了，该走了呢。"

　　"很奇怪。"杰对自己说。薇安有着爱她的爸妈及永远用不完，以至可以随时替自己交忘带了的书费的钱，怎么老爱用旧东西呢？

　　旧笔盒，还有旧手机……

　　"牵着你在天空飞翔，这样看世界不一样，有了你在身旁笑的脸庞，世界或许就这么宽广……"

　　手机铃声响起，铃声是光良的《天堂》——八哥打来的电话。

　　"杰子，哪呢？给我跳到咱学校旁的快餐店来，哥几个正和母校做离别感言呢！到了这时候，个个都他妈是诗人，把学校比作啤酒瓶都出来了，缺你呢。"

　　"薇安在吗？"

　　"不在。杰子，不是我说你，你们都高中两年不着调了，难道要继续下去？真受够你们了，要我，爱她就告诉她，不爱，大家还是朋友。你到底怎么个情况？"

"八哥，有事儿，去不了。"

"那行，我带你喝两杯，不过哥有句话要对兄弟说啊，窗户纸再薄你也得捅破了不是？"

"我知道，改天请你。"

"行，你说的啊。"

你们都高中两年不着调了，难道要继续下去？杰想着八哥的话，是啊，都两年不着调了。自己和薇安到底算什么关系呢？

同学？毕业后不管060708级，不都是同学嘛？

朋友？和八哥应该就算是朋友了吧，可和薇安在一块不一样啊。薇安会在别人面前叫自己相公，自己也会回一句肉麻的娘子，然后虽然知道是个玩笑心中却仍然喜滋滋的，这种感觉仅仅是朋友？

恋人？自己从没说过一句像样的承诺，薇安也没有任何的表示，这也叫做恋人？更别提像八哥和雅姐那样人前人后大秀恩爱了。

我们说好

为彼此保重

要为彼此保重

挥一挥手

送你先走

我的潇洒微笑

像不像个小丑

少了情人

今后多个朋友……

——光良《朋友首日封》

搞不懂，或许再一个小时后一切都将明了了。最差不还是朋友？为了不再不着调，杰暗中告诉自己，坚定向薇安表白的信念。

可这信念在走过两家并排的化妆品店后竟又一次土崩瓦解了。如果薇安面对自己的表白，回话仅仅是一句"对不起，我一直把你当朋友了"，自己会不会真的失去一个朋友呢？自己是不是就少了一个疲惫时可以倾诉的对象？更严重的是，自己三年的友谊会不会同那句"对不起"一道消失在时间中，永远记不起？

想到这儿，杰不由减缓了前进的步速，转头欣赏起海鲜店放在橱窗中的热带鱼来。

他也有过一条鱼，是过生日时薇安送他的。养在密封的厚塑料瓶子里，色彩斑斓，那瓶子好像是叫做"与你在一起"的。对了，薇安真的就没表示过对自己的一点好感吗？杰又想起了高二的那次桃色艳遇事件。

不知八哥是出于好心还是嘲笑自己或是两者兼有，高二刚开学，八哥介绍了一个女生给杰认识，说是仰慕杰打网球的英姿，于是杰在一种半被迫的状态下给那女生写信，要手机号码，继而是约在常去的那家音像店见面。林林总总的货架中，杰和那女生遇见，继而谈起了音乐，谈起了未来，很合得来的样子。

然后好像就是一次打完网球与那女生不期而遇，继而对方又不免说"你网球打得好"一类的话恭维一番。萍水相逢的人，或是像村上写的百分百的女孩，但，毕竟是错过的了。可八哥好像真的是奸计得逞，在班里大肆宣扬，尽人皆知。那时，薇安有什么异常吗？对！不是只有她一个人耐心地听自己解释吗？难道？

薇安一直在等自己的那句告白？

这条街似乎装下了所有的店铺，一家网吧拥挤地座落在海鲜店的斜对面。这家网吧自己来过呢！杰心想。高一下学期，不就是薇安把自己从这里拽出，命令自己和她一块儿回家？对就是那以后。那这里还是自己的福地呢！

杰注意到了停在路边的一辆金鹿自行车。那次春游时，为什么薇安没坐他的自行车而是同雅姐一块儿？还有，学校看电影时，为什么薇安要坐远离自己的位子？

杰意识到了自己的痛苦，索性在路边停了下来。这时，天色已经黑了，路边的车和行人多了起来。这是往常放学的时间，现在，自己却不用背着书包一身疲惫地回家。

"Go ahead！"杰暗想，又走了起来，离薇安家不到两米的路口，前面甚至能看到薇安家窗下路灯发出的淡黄色的光了。

两年了，每天这个时候自己都会送薇安到路灯下，见她从窗中挥手然后离开，今天自己只身前往还真有点不适应呢！想些快乐的，别让自己看起来心事重重的，杰边走边想，更为了防止不知哪冒出的思绪断了前进的路。

想想薇安的旧手机吧。薇安家境那么宽裕，却仍然固执地用着五年前的手机，自己的手机从 1.4 寸黑白屏到彩屏又到触摸屏，薇安却仍然用老的没有震动功能的，一定有什么故事吧？！以前问总她原因是不说，以后应该有机会了吧！

已经走到了薇安家的窗下，杰却最后一次徘徊起来。这次他不是在考虑薇安是不是喜欢自己这样周而复始看似没有答案却又马上就要揭晓谜底的无解题，而是想起了毕业前他们的那次谈话。

同样是一次送薇安回家的路上，薇安问起过自己的理想。

"我？市里最好的大学就行。要不是你，我还真连这所大学都不敢想呢！"

"那是，要不是本姑娘鞠躬尽瘁死而后已地栽培，你现在辍学都不定呢！"

"是是是，你呢？"

"当然也是了，分数可以，离家近吗，不过又要跟你同学哎！无聊……"

月亮已经升到空中，杰站在心爱女孩的窗前，似是应了那首唱不完的歌。少年远游前，找她做一次道别。自己和薇安应该不会道别呢，两人成绩相仿，如果不出意外的话，这次高考成绩下来，还会是差不多。那样的话，两人就可以进这座城市里最好的大学。杰依旧可以送薇安回家，这路灯这月光依旧属于自己。四年后，他们一块儿毕业，考同一所学校的研究生，或是就在这座城市就业、买房、结婚，过幸福的日子。

杰甚至想到了以后，是啊，如果薇安能接受自己的表白，这一切的一切都是极有可能的，甚至可以说是水到渠成的。幸福离自己是如此的近。杰再也按捺不住对幸福的憧憬，拿出了手机。

再打一个电话，告诉薇安自己就在窗下等她，多么的浪漫。杰沉浸在幸福与幻想中拨通了薇安的电话。

"我还记得我们的约定，一辈子幸福的约定……"

彩铃是光良的《约定》。属于自己的约定。杰已经迫不及待地想要薇安接起电话，站到窗前向自己微笑，接着说那句终究要说出口的"I love you"了，杰甚至都开始随着彩铃一起歌唱了。

薇安没能接起电话。

杰在彩铃在"连那风都笑我了，我想他会告诉你的我更爱你了"这句歌词后没能等到薇安熟悉甜美的声音，而是一声爆炸。声音从薇安的窗内传来。彩铃戛然而止。

杰不知道发生了什么，他有些慌张，面色苍白地依在了路灯上。接着，他看到了围观的人群、警车、救护车，还有消防车。他看到薇安被担架抬出，不，他看到的是不成人形的黑色的粘稠的东西躺在担架上。接着被抬出的是薇安的父母，他们用勉强分辨的语言说，女儿，救救我女儿，她要接一个电话，手机爆炸了……

薇安就躺在那，医生无奈地摇头，人群中的叹息，薇安父母的哭泣……一切都随着警车的离去而消失。

　　握你的手

　　坚持到最后一秒钟

　　哪怕爱要冰凉了

　　至少让回忆是暖的

　　了解比爱难多了

我们都尽力了

也许温柔

是停止挽留

是停止再挽留……

——光良《握你的手》

杰像看一场电影，又感觉着这场面曾经见过，却又终想不起在哪见过了。小狐狸见过了世间繁华在转身的一刹被老道捉住，满心欢喜，化为乌有。他知道最爱的人已经离他而去，他没能牵住她的手，更是他把薇安推向了死亡。

手机铃声又一次响起，是八哥的短信。杰又一次拿起手机，终于理清了发生的一切，旋即痛哭起来。那个他想象中的幸福的女主角已经离她而去了，像韩剧，像一切蹩脚的电视剧，但就是这样发生了。杰把手机扔到街上，八哥那条不合时宜出现的短信同样消失不见。

"杰子，算了吧。在这喝酒的哥们儿有一个薇安的初中同学，她在等着另一个人，用着那人在时的东西，旧笔盒还有旧手机……"

为夜晚而疯狂

反复弹着致命的旋律

愚蠢就是我

我必须要说做梦救不了我

黑键白键如此靠近

分不清音阶迷离

我弹到尾奏再也忍不住痛

你我都熬不到最后

琴键冰冻穿透指尖

ending 让我哭

它结束的如此仓促

留下一阵盲目糊涂

ending 让我哭

它结束的如此突兀

只有自己找退路

爱是谜样的节奏

开始洒脱结束伤透

扔掉钢琴是否感觉好过

我对自己说。

——光良《Ending》

作者简介
FEIYANG

王新乐，男，山东滨州人。理科生。从小开始写作，深爱弗拉基米尔·纳博科夫、米奇·阿尔博姆、阿加莎·克里斯蒂等作家作品。(获第十一届新概念作文大赛一等奖)

班花的故事 ◎文/姜嘉

　　时间是上午七点，她一个人背着那个驼色的布缝书包走在校园里有些灰尘的水泥路上。路边有个很大的没有花的花坛，里面长得郁郁葱葱的草把叶子伸出来抱住她的裤腿，把清晨的露水沾在她裤脚上。一滴一滴刚沾上的时候好像镶上了水钻，可水化开后就成了裤子上的一块暗色印记。

　　天气有些炎热，她把左手拎的袋子挂到右手腕上用食指扣住，笨拙地将右手的袖子挽起后，又用同样的方法挽起了左手的袖子。她觉得下身也很热，厚实的黑色裤子和她的皮肤粘到了一起，十分难受。可是她不能弯下腰去挽裤腿，否则身上背的东西都会掉出来。于是她把两脚并在一起蹭蹭，使得裤腿微微上卷。她发现旁边的两个女生在对她指指点点，笑话她一只裤腿高一只裤腿低好似要下地的农妇。她不想回头，害怕看见别人嘲讽的眼神。

　　她叫丽香，父母都是典型的面朝黄土背朝天的农民。开学了，她如愿以偿地进了这所全市最好的重点中学，三年以来废寝忘食的努力没有白费，父母全力支持她的希望也没有落空。她更加坚定了努力学习的信念，她要考大学，报答父母。

星期五下午的体育活动课，丽香没有去活动而是安分地在班里研究数学老师上课讲的习题。旁边有几个男生和几个女生三三两两地坐在一起瞎扯些八卦。这些都是城市里的孩子，家庭情况很好，不管男的女的都娇生惯养得细皮嫩肉的，在光鲜衣服的映衬下显得很夺目，所以在班里连说话也大声极了。

他们之中忽然有个长相很清秀的女生提议评选个班花，另外一个挺漂亮的女生用诡异的眼神看了她一眼说道："评班花，那当然是非你莫属啦。"

"哎，这怎么行，我这么丑，应该评你才对！"长相清秀的女生一听连忙反对道，但是心里却是非常开心，她之所以这么谦虚，一来是迫于对方的眼神，二来是想表示自己的修养。

"我哪有你漂亮，不要这么谦虚嘛。"另一个女孩子也作了类似的回答。两个虚伪而虚荣的女生彼此奉承着顺便表现着自己的矜持和谦虚。最后她们的话语越来越笑中带刺，扎得彼此都极为不爽。终于她们或许意识到这样的斗嘴是没有结果的，而且只能伤害到彼此的自尊，于是忽然话锋一转转向了另外一个人。

"我看我们俩还是别争了，咱们班就丽香长得最好了！"一个女生灵机一动瞥了一眼旁边的丽香。丽香听见了自己的名字，转过头去疑惑地看了看那些人，结果招来一阵哄笑。

"对对对，丽香最漂亮，生来就是当班花的！"另一个女生看了看丽香用力地拍了拍桌子发出阵阵怪笑。

"是啊，你看她浓眉大眼，明眸皓齿！"

"而且她身材高挑又苗条！长得真有个性！"旁边的两个男生也加入到这个谈话中来，他们用调侃的语气评论着丽香的长相。

说实在的，丽香长得真的不怎么样。要说浓眉大眼，那眉毛确实是浓还很粗，而且眉毛非常不整齐，上下总有些许杂多出来的看上去很乱。眼睛确实大，可是大得有些恐怖，就像恐怖片里面死者的眼睛那样突出，如同两个灯泡而且是不亮的灯泡。睫毛挺长，长得很茂盛，所以远处看去就好像围绕在眼睛边上的一层污渍。皮肤因为营养不良而发黄，软塌塌地贴在肉上，脸颊两侧有星星点点的雀斑。牙齿很白却龅得厉害，她没有戴牙套矫正过，或者说牙套对于她这样的情况也无能为力了。身材是高，可是总佝偻着背，看起来一点高贵淑女的气质也没有。当然了，她因为营养不良瘦得皮包骨头，这点倒是挺符合现在社会喜欢骨感美女的审美的。

就这样丽香成了班花，常常被人当做茶余饭后谈天时的笑料，也丢尽了脸。那天早晨在食堂里她感觉到背后有人拍了她一下，回头一看原来是班里的一个女生。她以为她是在和自己打招呼于是表示友好地笑了一笑。忽然那个女孩子转过身去对旁边一个人大喊："快看快看这就是我们班花，还对我回眸一笑呢！"旁边的那个人使劲朝丽香瞅了瞅发出惊叹的声音："这就是你们班花啊，果然是国色天香沉鱼落雁倾国倾城！"然后，那两个人一起怪笑起来，引来许多双眼睛注目。丽香忿忿地转过身去，买菜打卡的时候手抖得厉害，以至于把卡掉到了地上。一个女生帮她捡起来顺带看了她一眼，然后意味深长地一笑。丽香的脸"刷"地红了，买好饭菜后，她只能快步离开。

不久以后，班里又评出了班草，也是一个不好看的男生。同学们把他俩凑成一对，说是金童玉女郎才女貌。班里又起了轩然大波，茶余饭后的话题笑料又多了。

丽香还是决定再也不去理睬别人的看法了，她要一心钻到学习里面去，不管外界怎么看她。晚上她不再在人多的高峰期回寝室，而是在班里看书等到人差不多走光，教学楼的灯熄了才走。那个时候路上已经没有什么人了，偶尔有老师的车子从她旁边开过去，留下一阵阴冷的风。花坛里某种不知名的植物散发出绿色的芳香，这个时刻的她是最幸福的。

两个星期下来丽香终于感冒了。她每天只穿一件很小的衬衫，那衬衫是初一的时候外地的阿姨送给她的，她一直穿一直穿直到高中还在穿。她的身子长得很快可是衣服一点也没长，穿在身上短短小小的很滑稽。重要的是那衣服抵挡不了夜风的阴冷，再加上班里很多人患了感冒，那些富家子弟又怕冷不准开窗户使得教室里空气不流通，病毒出不去，所以她感冒了。

开始的时候她只是感到自己的喉咙有一点点难受，第二天早上醒来发现自己竟然说不出话来。她喝了一大口水，咽下去的时候喉咙疼得厉害。她没有告诉爸爸妈妈她生病了，她不愿意让他们担心。在病情很严重的时候她一个人去了学校的医务室，她知道那里的医生医术都不高明，却还是去了。医生给了她很多药，什么治发烧的、流鼻涕的都有。打卡的时候医生不让她跟着去，她也不晓得打了多少钱。

晚自习的时候丽香准备了很多的问题去答疑室请教老师。那天是星期五，答疑室里坐着的全是一些年轻而陌生的老师。她战战兢兢地走进去，找到物理老师的位置。那儿坐的是一个年轻的男老师，剃了个平头，长得很干净。他见她过去，笑着示意她出示要问的问题。她被他的眼睛吸引了，她从来没有见过这样美丽的男人的眼睛，黑白分明，眼睛里黑的部分多于眼白，那黑白的色调仿佛倾诉着所有古老的神话。她陷在了他的眼睛里。

他问她，这题你有哪儿不懂啊？她说不出话来——医务室配来的药对她的病情似乎确实是毫无帮助的。她扯着嗓子想说话，可是发出的只有咿咿呀呀的沙哑的声音。他听她这样连忙叫她不要再说了，他说，那我就把这题从头到尾讲一遍，我讲得慢一点，你认真地听好不懂的部分，行么？她不住地点头。

晚上就寝的时候，她的脑袋里突然跳出了他的影子。他是新来的老师么，还是她以前没有注意到他呢？她想起了他的眼睛，那异常明亮和朦胧的眼睛。她说话的声音很有趣，成熟夹杂着青涩，还带着南方方言的影子。

她就这样想着他然后睡着了。

第二天，她的感冒奇迹般地好了。

一个星期后消息闭塞的丽香才知道，原来学校里来了一批实习老师，他们要在这儿待一个月。除了听课以外，他们每个星期五都还要坐在答疑室里给学生答疑的。她若有所思的样子，接着又埋头苦干。

周一的物理课时丽香猛然在教室后面发现了他。原来他就是班里分到的实习老师！她的心里狠狠地高兴了一把。她听见旁边的小女生们窸窸窣窣地议论着他的外貌，时不时发出嗲嗲的声音和甜甜的笑。他看见她们的笑，也傻傻地微笑着。这节课丽香坐得很端正举手非常积极，被叫到好几次发言。每次发言完了以后她都会悄悄地看看后面的他，而班里的同学们则是哈哈笑着说起她和班草的事。她对此置之不理，她一想到他就会忘记了别人的闲言闲语。她还是悄悄地看着他，他没有在看着她，而是一会儿看看黑板一会儿在自己的本子上记着些什么，可是她还是看着他不由自主地笑了。

　　这是多么美好的一堂课啊！丽香想把这堂课永远牢牢地记住。

　　当天放学，丽香发现他在隔壁班里讲解些什么东西，她感到很疑惑，他不是她班里的实习老师吗，怎么会跑到隔壁班去呢。他从隔壁班教室走出来的时候丽香心怦怦直跳，紧张地连忙转身回头不让他知道她在偷看他——尽管他并没有发现她，也没有注意到她。忽然丽香听见后面传来熟悉的两个声音，就是那两个长相漂亮的评她做班花的女孩子。她们在和他说话。

　　"老师，你怎么会到他们班去的，你不是我们班的实习老师吗？"那个长相清秀的女孩子说道。

　　"是啊是啊，我上次还看见你到我们班听课呢！"另一个女孩子附和。

　　"啊。"他想了一想笑着回答，"上次是的，是在你们班听课了，呵呵，不过我不是你们班的实习老师。"

　　"怎么这样啊，真可惜！"两个女生发出了感叹。

"呵呵，没关系的，你们班也会有实习老师的嘛。"他浅浅地回答道。

忽然有种难受的感觉涌上丽香的心头。

他不是她们班的实习老师，他也再没有到她们班听过课。可是，丽香却越来越迫切地希望见到他。每个星期五她总会准备许许多多物理的问题去答疑室请老师答疑，说白了就是找和机会和他说话。有几回她会故意假装没有听懂，让他再讲一遍，他也总是很耐心，一次又一次地给她讲解。

丽香想，自己会不会是喜欢上这实习老师了呢。天呐，这怎么可能。这是不可能的。可是，可是为什么自己总是希望看见他呢？这个问题让丽香自己被自己吓出了一身冷汗。早恋，这可是学校明文规定决不允许的事情，况且她喜欢的竟然还是一个老师！她长得不美，成绩也不顶尖，她又有什么地方可以值得他刮目相看呢？他还比她年长这么多，她简直都可以叫他叔叔了！若是此事被班里的同学知道了，岂不是要被笑坏了！她也意识到了自己的可笑，她应该早点把自己从这滑稽的旋涡里拯救出来。

她开始躲着他，像躲班草一样，不，是比躲班草还严重地躲着他。她不往他实习的班门前走过，在学校里看见他也不打招呼而是匆匆忙忙地靠另外一边走。有物理问题的时候她总争取在周一到周四问完，这样效率又高又不会碰见他。而星期五的晚自习，她也再不去问问题，有问题时就留到下周去问。不过也许是出于人之常情，她还是希望他能感觉到自己很久没有去问他问题，因而感到些许不习惯。她觉得如果他因为失去她而难过的话，那么至少他曾经注意过她。她很少像这样地渴望自己被别人需要。

可是他好像真的从来没有注意过她，尽管她在他们口中长得如此有个性。她有些意料之中的失望。失望过后她愈发感觉到自己的可笑，人家丝毫没有注意她，可她却还拼命地躲他，她觉得真是世界上最无聊最无知的人了。她躲着他，还不如去躲那个所谓的班草有意义呢，至少那个班草还知道她是个什么人。这样一想，她发现他在她的生命里是那样的可有可无。

一个月过得飞快，所有的实习老师都要离去。那天晚上隔壁班在开欢送会，丽香他们班则是自习。她听见他的声音，他在唱歌，还是在朗诵，说笑话，还是其他？她埋头做着物理作业，回忆着他的讲解、他的手势、他的微笑和他的眼神。她手中的笔在草稿纸上胡乱地涂着，那一堆乱乱的黑线就像她的心情。她趴倒在桌子上，伸出左手到身后往下拉了拉那短得可以的、不合身的衬衫。

期中考试接踵而来，丽香的成绩并不理想，尽管她已经很努力很努力了——在这个高手如云的学校中，拥有立锥之地是那样困难。她一手托着下巴一手用手指在桌子上描画着人不人鬼不鬼的图画。她细细地分析着自己这半个学期来每一点每一滴的习惯，她发现，自己每个星期去找那个实习老师问问题，都会浪费掉很长的时间去听他说说不清楚的事，他的教学能力不如原先的物理老师，说问题不是很清楚透彻，例子也不是能够信手拈来的。去问他问题效率太低，她觉得自己付出了太多宝贵的时间。最后她断定，她没有考好一定是他害的。

想这些的时候，她甚至忘记了班花这个称号，以及班草与她的荒诞绯闻对她心境的影响。

她还是和上那堂特殊的物理课时一样，一想到他就会忘记了他人的闲言闲语。

期中考试失利后，郁闷非常的丽香决定以后再也不为学习之外的事分心了。她不管什么实习老师，也不管什么班花、班草的乱七八糟的闲话。她开始比以前更用功地学习，她要考好大学要报答父母。

而这班花的故事，也就只好如此不了了之。

作者简介
FEIYANG

姜嘉，1991 年出生于江南的温暖小城，曾就读于衢州二中。有理想有道德有文化没纪律的好青年。热爱文字、美术与音乐。矛盾结合体。金钱欲一般。（获第十一届新概念作文大赛一等奖）

错是错过的错　◎文/徐衍

江南：开阖雨的窗

每年开春的江南，细雨蒙蒙。大大小小的风筝冲上云霄，震颤地划过天际。望着楼下那些四处蹦跶的小屁孩，阿一叹口气，回到里屋。整个烟雨迷蒙的早春，阿一被浓重的孤独包围。每天能做的就是眼巴巴看着受潮的墙角爬出一只只蠕动的小白虫，然后他一条一条地逮住它们踩死。寂寞的情绪如同毛茸茸的白色霉斑，一点一点绣在心底。

江南小镇的阳春三月，阴雨不止，如同柴米油盐的寻常生活，沾了烟火气，多了细水长流的缠绵。

"阿一，你下来。"楼下有人在呼唤。

阿一应声探出身子，铺天盖地的雨帘中，泽轩披着塑料雨衣。

这座小木屋是阿一为了高考复习暂时租下的。离学校不远，环境清幽，实在是不二选择。

"给你，我们家这几天要出远门，所以可能要停水几天，这是我姥姥家的钥匙，我已经打过招呼了，你要打水煮茶的，到我姥姥家就是了。"

"哦。"

"复习得怎么样了？"

"这雨下了好久了，没个消停的。"阿一伸手感触着滴答滴答的雨水，答非所问。

"加油吧，明年这个时候，你也像我一样上大学了。"

"嗯。"

雨如瀑，嘈杂的喧嚣掩盖了尘世细细碎碎的骚动。世界在巨大的轰鸣下升腾大把水汽，吸附在窗玻璃上，雾蒙蒙一片，黏在眼睫毛上，像泪痕闪着晶莹寒光。

从学校回来，阿一不忘烧壶开水，冲泡一杯廉价的速溶咖啡，对着一直头痛的数学题，演算到半夜。泽轩告诉过她，没有过不去的坎儿，没有条件也要创造条件上。阿一深信不疑。

大学就是好啊，拥有比高三毕业班的学生整整两倍还多的寒假，房东的儿子泽轩用活生生的例子提醒着阿一，在阿一心底种下一些对大学的憧憬。

泽轩在北方上大学，每年寒暑假风尘仆仆地回到江南家中，阿一看到房东阿姨接机回来后，喜不自胜地笑个没完，特喜庆。一家团聚的气氛真好。

从小，好像是五岁时候，父母离异，阿一跟着母亲过。母亲是典型的江南女人，柳叶眉樱桃嘴，更重要的是母亲骨子里互不相让的偏执因子全遗传给了阿一。那个电闪雷鸣风雨交加的夜，父亲狠狠地撕扯母亲的长发，把母亲摔在茶几上，额上汩汩地血流不止，父亲气呼呼地摔门出去。两天后，法院一纸传票，曾经同床共枕的父亲母亲，闹到了公堂。母亲借着女性脆弱的神经及发达的泪腺，众目睽睽下哭诉指责父亲的种种不是，那些带着私密意味的家常摆到台面上，供人指摘。阿一坐在旁听席上，以一介看客身份，静观二人你来我往粗暴直接的伤害。

阿一总是觉得会有那么一天，自己也像母亲那样缺失稳定充盈的内心底色，神经质地拉着一个男人念念叨叨，纠缠不清。

习惯动荡喜欢变数，在不安的颠簸中，阿一渐渐掌握了这样一种本领——使自己身心摇晃震颤的频率与世事难料的颠簸波折一致，这样暂时获得一种动荡中的稳妥。

动态平衡！

从小学开始，阿一念的一直是寄宿小学，初中到高中，无一例外。阿一实在不忍心看母亲为了一个男人消耗掉自己大半生，一把鼻涕一把泪地把下半生也赔进去，血本无归。

而从高中搬出来，租下这座雅致的小木屋，也是阿一厌烦了宿舍里那些打扮得花里胡哨的女生，假惺惺地攀比着各自的妆容、成绩、家世……绵里藏针的友情在阿一眼里一文不名。戴着面具的男男女女，形同虚设，杜撰一个情理之中的借口——传染病，阿一顺理成章地落户到了这里。

初识泽轩，是在高二升高三的那年寒假，久未落雪的江南小镇意外地下了一场大雪，铺天盖地的雪花，从屋檐到青石板路，厚厚铺展。泽轩刚上大一，从北方城市回来，看到纷纷扬扬的大雪，惊叹：北方南方居然混为一体了。

阿一正为寒假的补课作业忙得焦头烂额，一大本几何题，把阿一搅得如同困兽一般，左右突围而找不到出路。

很偶然的，泽轩帮他妈来递交一些出租屋的协议材料，看到阿一面有难色，拿过题目，三下五除二地就解决掉了。

"哇，你好厉害啊！"

"那当然，我是理工科出身，往后有什么数学上的难题，尽管来找我吧。"

"嗯，谢谢。"

向来行走目不斜视，冷对世界的阿一，不知不觉地竟说出了"谢谢"这两个涵盖包容了多少温暖的字眼。一切伪装的不近人情，骗骗别人还行，对于自己而言，是连自欺欺人的本领也丧失了。

那个寒假，泽轩拉着阿一，在雪地上撒野，疯脱了形。尘封的内心在一片冰天雪地天寒地冻中消融，阿一自己都觉得不可思议。

夜里，阿一听到不远处的泽轩窝在小房间弹唱着好听的曲子。忧伤的曲调飘出窗子，遗落到苍凉的雪夜天幕里。雪花稀稀疏疏地飘着，剩下阿一留在房里，一个人听得出神。曲子因着忧伤的缘故，也像是落了一层雪，透出刺刺的寒。

阿一本不是孤僻的孩子，只是心底关乎偏执的底色愈发浓重，大幅占据了整颗心，随年龄递长与日俱增。日积月累，阿一给自己镀上一层保护色——既不妨害他人，也避免自己受伤。

"要想不被别人拒绝，最好的办法就是先拒绝别人。"

"你不给我机会，我也绝不给你机会。"

"任何人都可以变得狠毒，只要你尝试过什么叫做嫉妒。"

还小的时候，阿一家附近有一间录像店，黑洞洞的店堂里，日日夜夜滚动放映港产枪战片、台湾喜剧片。直到有天，她看到屏幕上一张棱角分明的脸，心无旁骛地吐露心迹。她记下了他，她把他的台词抄在那本布满中规中矩方格的小学生日记本上。

在一片"我长大了要当老师，像向日葵那样，做太阳底下最光辉的职业——"这类儿童腔突显的小学生日记中，阿一摘抄的那些句子显得别具一格，曲高和寡也好鹤立鸡群也罢，总之，尚处于儿童阶段的阿一一点一点露出与儿童世界格格不入的征兆……

"喂，你在想什么啊，有心事？"雨中的阿一被泽轩一语惊醒，恍恍惚惚地接过钥匙，一路小跑溜回小木屋。

"嘿，记得保管好钥匙，再别弄丢啦。"泽轩对着阿一的背影高呼。

"晓得。"

语文老师收集了几篇范文，苦口婆心地谆谆教诲："你们一定要好好阅读，高考很有可能出的，晓得吧？"

一个人吃过晚饭，阿一慵懒地缱绻在沙发上，阅读范文。

字里行间的青春小情绪包裹阿一，如一枚光洁的茧。

想起去年冬天，那场大雪，阿一因为学校补课，一直不得脱身。好不容易挨到学校补习结束了吧，雪都化得差不多了。泽轩拍了不少冰天雪地的照片，拿给阿一瞧瞧。

"有什么好看的，还不是让我过过干瘾。"阿一没好气地赌气。

哪里想象得到，第二天泽轩神神秘秘地跑来，好说歹说，硬是要阿一闭上双眼。

睁开眼的瞬间，阿一被眼前的景象触动了心弦。

漫天飞卷的蒲公英，在天空中翻跹。

阿一清楚地记得，自己欣喜若狂地大喊大叫，太不可思议了，剩下泽轩沾沾自喜地静立一边，一脸邪邪地坏笑……

转眼间，一年过去了。时光毫不留情地不断飞逝，剩下一大堆旧物和由此衍生的怀旧情绪。阿一收好范文，望着窗外星星点点的灯火，今年冬天还没来得及下雪，春天就到了。尽管春寒料峭，可是日历上人为的界定，冬天就是过去了，再冷再寒也已是春天了。

江南的春雨不大，却能够下得千回百转细水长流。一点一点濡湿房间里的旧物，霉斑点点，爬满受潮的木制家具。

短暂的假期，阿一都觉得自己是侥幸轮到放风的囚犯，法定的寒假被学校不由分说地截掉三分之二。每当抱怨起这个，泽轩宽慰道，每个人的高三都是这么过来的。

阿一玩味着泽轩关于高考的定义——高考就是一厘米的天堂，走过了就能拥抱天堂。虽然阿一觉得一个局外人说这样的话，况且还是文绉绉的，可信度大为降低，可是那毕竟是泽轩说的，从隔靴搔痒到直指人心，只因为是心目中那块信赖的策源地焕发出来的低呼，阿一自然笃信无疑了。

泽轩他们一家出远门，阿一拿着泽轩送过来的钥匙，委实没有兴趣千里迢迢地打水。买了几大瓶纯净水，阿一闭门不出，过着地窖山洞般的生活。

再见泽轩，蓬头垢面的阿一倒把泽轩吓得够呛。

"你这是怎么了，这是？"

"没什么啊？"

泽轩在屋里找到一面小镜子，摆到阿一面前，阿一自个儿也懵了。

　　"出去出去，这样子怎么见人啊？"

　　泽轩横在沙发上，笑得一直捂着肚子。

　　泽轩他们一家回来以后，小木屋的自来水再一次正常供应。阿一一番对镜贴花黄后，立马换了个人似的。

　　"这才精神嘛。"

　　"你们家上哪去了，这几天。"

　　"上坟去了。"

　　"清明节不是还早吗？"

　　泽轩掏出手臂上的一小块黑纱，阿一一见便噤声不语了。

　　"哎，以前我觉得死亡离我离我们家那么远，没想到，以前我以为新鲜事物出来，我总要过去一探究竟，没想到看过之后不过如此。"泽轩有点自说自话地感慨。

　　"呀，你都跟王家卫一样了。"

　　"什么？"

　　阿一从橱柜里找出一张DVD，泽轩不解地看着阿一把碟静静塞入碟机。

　　画面是一望无垠的黄沙地，朔北的大漠给苍劲做了最好的注脚。旁白娓娓道来。

　　"这片子，我很小的时候看过，那个时候我以为是单纯的武侠片，没想到一帮主角絮絮叨叨说了一大堆台词，我就再没看。"

　　"那你现在好好看看吧，我背英语单词去了。"阿一把泽轩一个人撇下，自个儿上阁楼温书。

约莫过了两个小时，阿一下楼，电影刚好结束。

"怎么样？"

"什么怎么样？很好看啊。"泽轩嬉皮笑脸。

"不瞒你说，这影片我看一次哭一次。"

"不至于吧，我倒是看琼瑶的时候我会哭个没完。"

"你一个大男人的，看什么琼瑶啊。"

"博采众长嘛。不过说真的，没想到张曼玉那个时侯这么漂亮。"

"去你的，你真是亵渎了影片。"

送走泽轩，阿一怅然若失地关掉碟机。电视屏幕上顿时一片无规则的雪花点，哧哧的噪音像是虚脱之前的负隅顽抗。

屋外雨细细密密地下起来，泽轩小步走在回家的小道上。天地笼罩在迷蒙烟雨中，庞大的静默在细雨中消磨着，消磨着。泽轩抬手，拂去脸上的雨水，其实只有他一个人明白，这雨水中混杂了多少酸楚的泪。酸到了一定程度，就需要一定的碱来中和了。

一场大雨，泽轩连日积压的苦楚倾泻而出，溃烂在泥泞的斑斑点点的水洼。

雨天，是哭泣者最安全的避难所，从前最憎恨的雨天，泽轩从未像此刻这般死心塌地地钟情痴爱。可是，爸，你什么时候才能回来？

也是一个雨天，醉酒的父亲踉跄地走在羊肠小道边，意外地翻进路边沟渠，雨水充沛的春天，沟渠里水位升高，淹没了生龙活虎的父亲。

对于酒，泽轩有过痛恨，可是那部片子里说，喝水和喝酒的分别是，酒是越喝越暖，水是越喝越寒。在铺天盖地的寒冷中，泽轩需要大块大块的温暖。一个人的房间，自斟自饮，父亲陪伴自己走过的二十一个年头如同一部节奏缓慢篇幅冗长的文艺片，没有旁白，没有字幕，只有一个孤零零的观众和无声的光影缓缓流淌。

曾经在祭奠的坟场沉默不语，被母亲痛骂"不孝"的泽轩，此刻泪如泉涌。雨，是哭泣的安全掩饰；酒，是言不由衷的矫正，一切的一切，都步入正轨。为什么我喝酒越喝越清醒？

另一边，阿一窝在小木屋，翻看着小说。泽轩手臂上的那块小黑纱，让阿一不免心生畏惧。世事无常，那些美好如泡沫的言情剧终还是抵不过现实冷不丁的一点残酷。

耳朵里是周云蓬的民谣，厚重的嗓音唱着一个盲者心底最黑暗也是最光明的心声。

"你说呢到底想怎么样？"透过窗外的雨幕，依稀听得见不远处泽轩妈妈的呵斥。

"你也不瞧瞧你这是怎么的德行，摆个死人脸给谁看啊？"

"什么东西。"

一般争执肯定是由两方或者两方以上在进行，可是这一场夜里的争吵仿佛是一幕独角戏，始终听不到另一方的回应，妇女尖锐的骂声在夜幕中雨帘中孤独地响彻。

寒假的最后一天了，泽轩没有出现。阿一一个人闷在屋里，收拾着散落一地的课本练习册。

下午，血红的残阳悬吊在天际，像是谁的头颅被扭下，束之高阁。

门外有人在叩门，阿一打开门，泽轩满脸胡茬地僵在屋外。

"进来吧。"

"明天就要回学校了吧？"

"是啊。"

"作业都完成了吗？"

"早好了。"

"哦，那自己好好保重。"

"是啊，我没有你那么好命，你还有大把寒假挥霍。"

泽轩没有回应，门被严严实实地带上。

阿一收拾妥当，迈向高中阶段最后一个所谓"冲刺阶段"的学期。

天空中回旋着飞机起飞的轰鸣，铺天盖地。雨过天晴，能见度甚高。阿一清楚地仰视，一粒银黑小斑点，在苍茫的天幕中滑翔，飞去那个既定的目的地。

很多年后，阿一都会记得那天早上，隔壁房东阿姨撕心裂肺的呼嚎："你怎么跟你爸一样没心没肺啊？"

泽轩不告而别，提前回到北方那个城市。不辞而别如同凛冽寒风，泽轩母亲被寒风急急扫过后，就憔悴了，伫立在风中瑟瑟发抖。

年轻人三年五年都好像把什么事都经历了，生老病死好像就是一辈子了。张爱玲表现出对时间少有的警惕清醒。

半年时间在一天一天的咖啡习题中，很快碾磨干净。转眼是湿热的夏天，江南哪怕到了夏天，空气中依然布满大把水汽，濡湿目力所及的一切。

阿一身着单薄的外衣，坐在小木屋窗前，手里捏着的是学校发放的高考志愿表。桌子边上放着一只笨重宽大的旅行箱，这也是阿一最后一天住在这间小木屋了，明天她就将离开。对于习惯动荡喜欢变数的阿一来说，颠沛流离的辗转充盈了她始终无法填满的虚空身体。

这个夏天，知了依然叫嚣得聒噪；悬铃木依然长得葱茏；成群蜻蜓高调飞过黄昏窗前，只是那个一年回归两次的泽轩，一去不复，这个江南小镇终归是少了一点什么，至于什么，只有阿一还有那个形容枯槁日日憔悴损的寡妇心知肚明。

高考志愿表一直空着，悬而未决。一向果断的阿一开始犹豫不决。

一整夜忙着收拾，触碰旧物就好比重温一段过去时，温润的色泽落满神经末梢，让人凭空多出冷暖自知顾影自怜的触须。

拉开橱柜，除了必要衣物，满满当当举目皆是 DVD，商业片、文艺片……琳琅满目，泽轩曾经开玩笑说，照此速度发展，等到阿一大学毕业，可以开一个碟片租赁店，可谓无本生意，足够养活个儿了。阿一总是笑笑，不置一词。

翻到《东邪西毒》，阿一鬼使神差地拉开封套，盘面在灯光下反射着诡异的五彩光芒。突然，封套夹层滑落出一片白纸。白纸上赫然描着阿一的轮廓，是一个阿一的背影，站在雨中，落寞地凝望远方。下面是四个再简单不过的字母："L—O—V—E"。

第二天云淡风轻，初阳在云端若隐若现。阿一前往泽轩家送还钥匙，屋内空空如也。泽轩母亲和一年前比，消瘦得不成人样，痴痴傻傻地窝在沙发上，阿一递还给她出租房钥匙。临走前，她一个劲地念叨着泽轩的名字。

高考志愿表三栏，清一色的三所北方高校。

漫长的暑假并没有给一直从容走过高中三年的阿一多大的解放松弛感，相反像是一条无法泅渡的通天河，望洋兴叹在这里回归本义……

北方：指南针的反方向

去往北方的火车，十天前买好票。鱼龙混杂的火车站散发着天南地北的混杂气息。孤身一人的阿一站在人潮汹涌的候车大厅，显得势单力薄。

火车旅行是这个世上最枯燥乏味也是最繁华丰富的旅行。可惜阿一的车是夜班，窗外只有严严实实密不透风的夜色，浓重的黑与车厢里羸弱的光线仅隔一窗钢化玻璃。所以这漫长的一程对于阿一来说充满了无数的乏味单调。

偶尔闯进视线的几盏路灯或者远处的人家灯火，打破满屏黑暗，给阿一几分无趣中的生气。北方，究竟会是一个怎么样的方向？

北方到底是一片怎样的未知地域？

暮鼓晨钟、大漠孤烟……这些充实了苍劲血液的字眼即将在阿一前路一一证实上演。

西安，一出火车站台，满目是高耸峭拔的城墙。青石砖奢侈地铺满视线所及的范围。出于直觉，阿一心下料定这将是她放逐的好地方，古色古香的地域容得下有故事的人。

秋天已经是不急不缓地走到了尽头。前来接站的学姐指着许多光秃秃的黑色树种，告诉阿一，这些是樱花树，春天的时候满树樱花，明年你再开学回来的时候就会看见满满的一树樱花，开得可好看啦。学姐眉飞色舞的样子，让阿一深信不疑来年那场盛大的浪漫。

北方的空气中，浮游着大量细微的尘屑。夕阳真的与江南小镇的迥然不同，少了氤氲，北方的夕阳清晰得唾手可得。

北方，之所以选择你，是因为张贴一张迟到的告白，亦是对一份下落不明的爱的寻找启事。

闲暇之余，阿一四处游走，钟楼鼓楼，常常有怀着美好凤愿的红男绿女虔诚地撞响钟鼓。一墙之隔便是中心闹市，那些钟鸣鼓声散落在熙熙攘攘的车流人海中，掷地有声。

很偶然的机会，阿一在高校联谊中，见到一幅背影画像，仿佛是自己碟片封套内侧一直不露声色的那小枚秘密画像。

会是他吗？

为何会是他？

无数疑惑不解在阿一心底左右突击，找不到出口。阿一当即找到社团负责人，打听画作者。一番寻觅，负责人给她找来了作者。

五短身材，根本不是他。

寥寥几笔画作，怎么可能就将他从茫茫人海中揪出来呢？阿一继续欣赏着不同社团的画作，动漫的笔画有的拙劣得让阿一觉得作者勇气可嘉，这样的拙作也敢光天化日下展出，好在，大多数还是一笔一划精耕细作的。

一天下来，阿一尘封已久的玩兴被全面激发，忘乎所以，到最后还喝了点小酒，被几个随行姐妹五花大绑架着回去。

另外一头，社团负责人带领着一伙干事忙忙碌碌地收拾展出的画作。其中一长发少年缓缓接近。

"看，我今天按照你的吩咐，打发掉那些看画者。这样呢总可以放心地把你的画借给我们展示了吧？"社团负责人满脸堆笑。

"每次都拿我做挡箭牌。"一个身材矮小的小干事唯唯诺诺地发表着自己的不满。

"好了，等会儿请你去吃夜宵。"

画作被收拾稳当，齐齐锁进柜子，长发少年吹着口哨扬长而去。

阿一不胜酒力，昏睡了整整一天一夜。昏睡不醒的当儿，阿一做了个梦，素描图上的铅色背影兀自地活现起来，簌簌地朝着远方某处缓缓移动，没多久就成了地平线上的一粒小黑点，直至消失。接着，就出现那个硕大铅灰背影，如此循环往复。意识朦胧中，阿一像是重新回到童年，那段晦暗的岁月。

父母三天小吵五天大吵，发展到后来大打出手，两人横眉冷对，互不相让。每次父亲怒气冲冲摔门而出，母亲所有的防备也就松懈下来，面对着阿一一把鼻涕一把眼泪地哭诉。阿一幼小的心里多了一层别的孩子没有的偏执，灰蒙蒙地包裹着那颗肉色跳动的心。

对待生活来说，我们更需要的是强者。除非我们是强者，妥协哭诉的懦夫只能让我们产生对待生活的疲乏和无能为力的痛苦。

整个童年，对于阿一来说，始终如同素描一般，没有亮丽鲜艳的华彩色调。

反之，阿一多了隐忍的自持。这就是整整一个童年所赋予给她的所有基调。

反复看《东邪西毒》，上网搜索影片资料，才知道影片开头满目金灿灿的大漠，来自离自己不远的榆林县。驱车前往，寻找十几年前的痕迹。

沙丘变化无常，当地人告诉阿一，不要只身深入沙漠，不然会有性命危险。

滚滚沙尘，在眼皮底下怡然自得地竞相追逐。人类的小情绪情怀放之何等沧海一粟？渺小在苍茫前衬托出了卑微，卑微在广袤前催化滋长了密密麻麻的小触角，伸向心底，围追堵截残存不多的生机。

大漠英雄、血泪江湖、人生无常、世事沉浮，全在这片没有根系的土地上：今天是这个模样，一夜后，就成了另一个模样，与世事无常的人生殊途同归。枯死的胡杨树没入沙中，露出沧桑一角，显出偏安一隅的心安理得。

没有骆驼，这种隐忍地能一直穿过死亡禁区的动物，阿一没见到，就像一些不期然的缺失，造成某些缺憾，固执的人们，面对支离破碎的追求，抱残守缺。

转眼寒假，江南小镇成了火车车票上的目的地。

白天启程，来时错过的沿路风景，曝晒在日光下。细细小小的黄色小野花，密密麻麻开得到处都是，已经是深冬了，这些卑微的小生命不知从什么旮旯里突兀地蹿出来，给这个肃杀的严冬一些不合时宜的暖色。

火车与钢轨间断断续续、有条不紊地撞击着令人昏昏欲睡的节奏。阿一却一直清醒着。座位边上有一本旅客意见签名本。

因是长途列车，车厢中大伙睡得东倒西歪，只有阿一翻开本子，握着铅笔，在纸上信笔涂鸦。外头的风景由北向南渐次变迁，沿路有了落雪的迹象，山巅上雾蒙蒙地起伏雾气。

毫无意识地，纸上出现了一个少年的背影，夕阳西下，在地上打出浓墨重彩的背影，吸附在脚底，手臂上一小块黑影，隐隐透露着死亡的阴郁。

窗外麦田变成了稻田，只是严寒飞雪，农事萧瑟，荒田裸露出泥土纯粹的土黄色。南来北往，这一程，像自己十几年来跋山涉水走过的所有所见所闻，迥然不同的风景镂刻着不一的心事。那个少年，曾经把蒲公英吹成雪花的少年，而今也只能是心底一角无法触碰的一处痂，创伤迅速冻结陈旧。

泽轩自打离开江南那个支离破碎一蹶不振的家后，离开了原来的学校，深居简出画起画来。原本小时候，泽轩就在绘画上就流露出浓厚的兴趣和禀赋，无奈父亲再三阻挠，毫无兴趣的理工科一直压迫着自己内心蠢蠢欲动的画画欲望。

那个家，对他，更多时候像是一种无形羁绊。离开以后，才发现撒开丫子蹦跶的快乐如此庞大。安心作画，在黑如夜晚的画室，日复一日地调和颜料削尖美工笔，继而铺开画纸。画室里的生活是封闭排外的，泽轩逐日变得沉默，张扬的个性日益磨损，自省的同时尘封内里跳动的心脉，与其说是固步自封，倒不如说是破罐破摔。

所以尽管他的画作有很多慕名的看客，但是泽轩向来闭门谢客，拒人千里。

黑洞洞的画室里，一颗澎湃的心枯萎伏倒。

亮晃晃的车厢里，一颗念旧的心萌发仰首。

对于没有谜底的谜面，世人无力解答。

对于只有谜底的谜语，世人猝不及防。

阿一在北方的大学四年，朝气蓬勃，活像春天里的樱花，欣欣向荣。那个刻骨铭心的背影，偶尔在心头晃过，便速速隐退。或许每个女孩生命里总会有那么一两个守护自己，无关风月无关爱恋的异性。王子与公主的童话在现实里历经沧桑，也可能是王子与巫婆公主与小矮人甚至俩人始终孑然一身，形影相吊，带点遥相呼应的凄凉况味。

那张画有暧昧背影的碟片封套，在四年后的毕业离校日，阿一将她悄悄地塞进宿舍楼下其中一个邮箱里。开启的人兴许会以为这只是哪个无聊家伙玩弄的恶作剧吧？

又或许，这本身就是一出自欺欺人的恶作剧，只有自己傻傻地站立在原地，看着日子年华轰轰然然义无反顾地朝前，舍不得松手的只有自己，唯有自己——阿一！

阿一毕业那年，泽轩早已经混迹于社会两年。前面已经说过，泽轩高了阿一两级，两年的时间让泽轩成为一个小有名气的画家。他特立独行的构思在北方的这座城市时常引起不小反响。灰色的背影、粗砺的用色、规则不一的画长……不少年轻人奉之为偶像，当做神一般顶礼膜拜。

阿一毕业回到了南方那个阴雨绵绵，生活调子细水长流的小镇。成为毕业择业的芸芸众生中的普通一员。

很偶然地路经北方，故地重游。想起四年的大学生活，自己如何像一股江南温润的细流，一点一点浸染流过这片广袤的地域。诗人说过，眼睁睁地看着自己的年华逐寸斑驳，脚踏旧地，阿一对此话心领神会，切肤的体会。

"薇薇画展"的广告看板在市中心密密麻麻地展出，声势一时无两。

阿一闲来无事，步入会场中心。似曾相识的笔触笔调，颜料下的细枝末节同气连枝一气呵成。角落里有一系列的背影画。灰蒙蒙的着色，给观者注入一股凝重寒气。

"为什么薇薇这么喜欢画背影啊？"

"装神秘深沉呗。死活不给你看正面，憋死你。"

两个初中生模样的小女孩，书包带斜斜地挎在肩上，小声地议论。

"这个薇薇是谁啊？"阿一凑到一女孩边上。

"呀，你连薇薇都不知道啊？"俩小女孩表现出极大的诧异，"这个薇薇是很年轻的画家，这几年一直有新作面市，奇怪的是他的画作从不给杂志报刊采用，只许展出，所以每每他的画展来的人总是特别多。"会场上络绎不绝的观者印证了女孩的这点。

阿一心领神会地走走看看，最后也成了两女孩眼里的一枚背影，唐突现身悄声隐退。

南下的机票是供职单位预定好的。飞机起飞的那刻，这个北方城市第一次展露在脚下。阿一以俯瞰的姿势，居高临下。紧接着是耳鸣、轻微晕眩，然后就是大块大块柔软得不像话的云朵遮蔽了视线，眺望窗外，绵延不绝的白云此起彼伏，宛如仙境。

为了抑制耳鸣，阿一摸出 MP3，意识模糊中，有女声低低地萦绕耳畔：

"北方南方，某个远方……"

南南北北，意识里只剩下一望无垠的雪地，大雪覆盖万物，世界寂然无声。入夜，谁在弹奏着吉他哼唱那首让人伤感的曲子——

　　　　我住在北方

　　　　难得这些天许多雨水

　　　　夜晚听见窗外的雨声

　　　　让我想起了南方

　　　　想起从前待在南方

　　　　许多那里的气息

　　　　许多那里的颜色

　　　　不知觉心已经轻轻飞起

　　　　我第一次恋爱在那里

　　　　不知她现在怎么样

　　　　我家门前的湖边

　　　　这时谁还在流连

　　　　时间过得飞快

　　　　转眼这些已成回忆

　　　　每天都有新的问题

　　　　不知何时又会再忆起

南方

那里总是很潮湿

那里总是很松软

那里总是很多琐碎事

那里总是红和蓝

就这样一天天浪漫

就这样一天天感叹

没有什么是最重要

日子随着阴晴变幻

时间过得飞快

转眼这些已成回忆

每天都有新的问题

不知何时又会再忆起

时间过得飞快

转眼这些已成回忆

每天都有新的问题

不知何时又会再忆起

南方

……

　　还记得，那是自己刚升高二，搬到小木屋出租房不久。那年寒假，相隔不远的房东屋里传来这首让阿一一直心驰神往却不晓得歌名的曲子。

有些基调早在冥冥中已经大好注脚，印章下的戳子早早地拓好封存。有些故事准备好了开场，可惜写故事的人疏忽大意冷落了情节的发展，于是只得自生自灭地滑向自由发展的轨道……

"泽轩，哦不，薇薇，你最近的画作好像明亮鲜艳了一些了啊？"

"哦？呵呵，也许是该结束的时候了。"

又一年又三年，时光打磨了他们的幼年、青年，在最好的时候安排好了出其不意的桥段，当生命缓缓汇入平和从容的河床，时光也世故地不再卖关子。所有的细枝末节豁然曝光在镁光灯下，只是曲终人散，导演和观众都只剩自己一个。

他们呢？

阿一出国，辗转大半个中国的北方南方，不安于稳妥停滞的阿一毅然辞去了工作，飞到了法国，那个被打上太多浪漫华丽标签的国度。

泽轩停止作画，"薇薇"这一称号神秘消失。那些热衷的粉丝随着时光消磨，也渐渐地，不成气候。南方还是北方，谁再没见过。我也不晓得他去了哪里。或许哪天当有一个人目光灼热地注视着你的背影出神时，那一定是他联想起了什么，也许那就是那个热衷绘画背影的泽轩，谁知道呢？

这场关于北方南方的放逐，暂告一段落。

法国：不断错过还在错过

这个城市有世界瞩目的艺术氛围：建筑是艺术的，当地人是从容优雅的。穿得跟个小太妹似的阿一站在巍峨的埃菲尔铁塔面前，觉得自己身上乖戾的针尖麦芒与这个城市格格不入，生了龃龉。

在地图上冥想描摹过了无数次的法国风情，一下子充盈了眼眶，好像美好的东西沉寂了许久，集体迸发出来，让人毫无招架之力。

游人如织，阿一背着巨大的包囊，打扮得和普通游客一般。

期待一场巨大的爱情把自己一下子撂倒，从此停止出走，扎根安立在世界的某一点某一处。

会有那么一个男人吗？让自己死心塌地地面对生活，对血液里那些扑腾扑腾翻滚的动荡因子彻底死心，彻底的？

行走在洁净的大道。坐在咖啡店里，看戴墨镜的鬼佬涨红脸步过眼前。

"嘿，你……好……"侍者发着生硬的中文。

"你好。"阿一报以一笑，随即点了一些简单的食物，静候着侍者。

夜晚的巴黎，"火树银花"或者"璀璨夺目"这样的字眼都显出语言描述的捉襟见肘。

这不是我的城市。

没有归属感的美好，即使美好得再纯粹彻底，也依然无法给人笃定的温暖。

故事本来在上一章就可以谢幕，只是习惯不断出走的阿一无法停驻在某处，法国也许是漂泊的灵魂的温柔乡，亦或许是我给故事最为仓促潦草的结局吧？

只是我相信，有的人是需要不断上路，不断行走，不断告别，不断启程的，再繁华的盛景，看过了，也就错过了……

作者简介
FEIYANG

徐衍，生于巨蟹座的最后一天，生存于80后和90后夹缝之间，注重精神生活，没有音乐、电影、文字将无法存活。对于现实有着忽冷忽热的兴趣和反应，努力尝试多种文字风格的创作。喜欢陈染私语似的写作，也喜欢苏童专属的文字氛围，对杜拉斯敬而远之，对昆德拉拜倒辕门。对文字，始终在踽踽独行上下求索，喜欢在《雨的印记》《小步舞曲》等钢琴曲中写作。写作方式日趋矫情，但对文字始终赤诚满腔，信奉上帝保佑吃了饭的人们。（获第十一届新概念作文大赛一等奖）

第 2 章

游走青春

人生如烟花般，璀璨只是一瞬，幻灭才是永恒

游走在梦想边缘的青春  ◎文/李念

　　随时间慢慢流走的是那些生活的剪影，在冲印机的药水浸泡中渐渐明朗又一点点暗淡下去。可能生命留给我们的只是一张被阳光退去艳彩的白纸，它并不整洁的白泛着黄色的印痕。为它而生，为它而老去。

　　寝室——食堂——教学楼的三点一线，有时也会疑惑，明天是否是今天的复制？而昨天的副本又无法"右键删除"。所以只能接受这样的堆叠，放任这样的堆叠。找一块纱布，滤出我打马而过的青春——游走在梦想边缘。

彼岸是花的海洋

彼岸是花的海洋　怒放着我年轻的梦想
我弹着木琴的弦　轻声哼唱
看流星落向远方　我以为是爱的火光
它很亮　灼烧着旅人的胸膛

铁中留给我的印象几个字便可以概括清楚。

先是小。不大的操场，不大的楼层，总给人些许拥挤的感觉，但是拥挤中却显不出半点的喧闹。可能是满园生机勃发的植物连各种声音也一并吸收了吧。放学后，随意地坐在一个石板凳上，或斜倚在二楼中厅的窗前，都可以看到操场上嬉笑怒骂的孩子们。他们在明媚的五月天中穿着简单而艳丽的衣服。那些双手抱书低头前行的身影，那些迎风飘向篮球场柏油地的汗滴，还有那些在半空中翻滚跳动的羽毛球，组成了眼前这一部没有伴音的影片，运动中表达着安静的美感。这个时候仿佛世界离我们很远，只能踮起脚尖遏力张望；仿佛又离我们很近，一抹抹镀上斜阳金辉的快乐不用多久便在每一个人心间产生共振。

然后是旧。歪斜错落的石板路、褪去漆色的铁凉亭，破旧的外表散发着古朴的气息。过于新的东西虽然华美，给人的感觉总是轻浮的。真正的沉稳来自经历二十年雨水冲刷仍浑然挺立的石像。上面被侵蚀的一个个小坑无不证明着坚韧顽强；真正的温暖来自经过千万人踩踏仍毫不弯折的红木地板。抚摸着条条细小的裂痕，你会觉得指尖很热。二十年，他们看着太阳东升西落，觉察着四季轮回更替，体味着人事往来去留。没有这样的古旧和沉淀怎能衍生出新的生机？没有这样的古旧和沉淀怎能生发出醉人的静谧？没有这些，铁中便不是铁中！

最后是神秘。被细雨润湿后的校园明了中透着江南小镇的感觉。躲藏在石板下，草叶间的故事随雨水而溶化渗出。倘若在雨中漫步，一定能听得到它们的呢喃。曾在一个雨天没有方向的急行，一抬头暮地发现在滴水般的浓绿后面窜出一簇火红，像溅在画布上的油彩，即将流泄。带着好奇心我拨开交错的树枝，这才看清楚是野生的樱桃。果肉不如街市上出卖的那种肥厚，但颜色颇为鲜红，并不光滑的外皮上长着白色的绒毛。摘下一颗含在口中，微酸。还没有完全熟透吧？我在心里想着，实在不愿给如此可爱的樱桃下一个难吃的定义。

如果有一份闲适的心情和一双锐利的眼睛再加上这温柔的雨天，校园里的一切神秘都会显出原形。浅黄色的野玫瑰正在枝头颔首，你是否感觉到了它的爱意？缤纷的鸢尾正在松针墙的怀抱里飘遥，你是否听到了它的微笑？曲折盘桓的葡萄藤正在镂空的墙上伸展，你是否看到了它的张力？仲夏夜晚草丛中跳出的青蛙，晚冬清晨游走在食堂路边的野狗；天没亮就报晓的公鸡；无所不吃的金鱼。在校园里潜藏着太多奇异的东西，没有人可以捶着胸口说他已经揭开了这里的全部秘密。

两年前大家因偶然的缘分站在同一片天空下，为了生命中即定的梦想挥洒汗水。在花的簇拥下我们懂得从拥挤中剥离出的宁静致远；在花的簇拥下我们懂得积累风霜雪雨的印痕；在花的簇拥下我们懂得睁开眼睛解读未来留给我们的扑朔迷离。从未知到已知，从无畏变虔诚，我们荡着轻舟向彼岸——那里是花的海洋。

那些分明的爱和哀伤

那些分明的爱和哀伤 源自你无心的出场

你是我生命的定格　我是你青春的过客
从如花容颜到鬓发苍老　天微蓝　水正怅
星火渔船钟声飘荡　月落乌啼　浪击兰浆

　　会流泪时我并不明白什么叫做哀伤，可当我被莫名的哀伤紧紧缠绕时我开始明白什么叫泪水；会流泪时我可以让泪水决堤般涌出眼眶，只为了强迫妈妈带我去一次游乐场。可当我陷入哀伤时，眼泪就只能逆流回心里成为一条蜿蜒不尽的小河。

　　几米曾经说一句话："当我周围的人都因为一场无聊的电影掉眼泪时，我笑着明白了什么叫孤单。"我时常回想起这句话，然后由陷入孤单，再一点点变得哀伤起来。

　　慢慢地强迫自己适应了这种孤单。开始习惯一个人溜到学校外面闲逛。买教辅，吃三元钱一碗的馄饨或者去东边有大屏幕的广场看新闻。路上会遇见很多朋友，熟识的、生疏的。都只是相视一笑或随意地晃一下手，不会再停下脚步闲聊了。因为大家都在赶路——向着两个不同的方向。即便如此在一闪而过的身影中我还是会尽力的捕捉三个人：小卫、江山、冰天。我们曾经同班、同寝，一同走过了高中生活中最为绚烂短暂的日子。

　　小卫的家在克山。军训拉练的前一天我们两个一起去参加拉练联欢的主持人选拔。老师无情地选择了他，我只好落荒而逃。第二天中午演出前，电教室调音响的老师酒过三旬后鼾声大起。我被小卫拽过去救场，其实我根本没摆弄过什么"混音台""效果器"之类的铁盒子。那天只是硬着头皮把声音搞了出来。回校后我凭着前一天几小时的实战经验混进了团总支的信息部。

小卫有一个黑色的MP3，存过张雨生的《大海》。至今都想不明白，我们几个兄弟为什么会在他的带动下齐吼这么老掉牙的歌曲。不知道他驰骋运动场的斑纹"囚服"是否还会被重新穿起，他踩着烂滑板提着双截棍的整蛊形象是否还会转再现，他偷录我半夜评论班级女同学的录音是否已随风走远。只有《大海》的旋律还会在我想起他时响起，激荡着朵朵浪花般涌起落下的记忆。

江山和我算得上苦难兄弟。我们都有过一个自豪的入学成绩，却在进入铁中后接连受挫。"憋屈"成为我们在考试后使用频率最高的一个词语。分班考试后我们都离开了十二班。他进了可怕的十三班，我去了活跃的十四班。以后的日子各自分开，他在我以为是魔鬼栖息地的班级承受着巨大的压力。我则渐渐在十四班适应了无所顾虑的生活。

冰天，我，再加上玩世不恭的先河是这一届学生团总支的骨干成员。团委是我们一大群孩子的小世界。在那，我们可以真正毫不束缚地用自己的方式来表达年青人对生活的理解。

纪念"五四"运动歌舞晚会、"十一"艺术节、"文武春秋"知识竞赛、"铁超杯"、"新星杯"这些词语所包含的记忆已深深地刻在我心里最为坚固的地方。忘不了正式演出前忙碌的身影。忘不了这样一段对白：

"灯光效果就绪！"

"电脑控制就绪！"

"演职人员就绪！"

"开始！"

红色的幕布缓缓拉开，激昂的音乐渐渐响起。灯光和焰火闪亮的一瞬，站后台设备间里的我只觉得血液在沸腾，心也随着红红绿绿的指示灯跳动。

忘不了晚会圆满结束后紧紧的拥抱，我看见每一个人脸上的花朵在绽放。当我拔下一根根接线后，自己也像是断了线的木偶，动作迟缓，目光呆滞。再精彩演出也会落下帷幕，再闪亮的舞台也会褪去浮华。看着铺满丝带的红地板，我努力地想着，当一切鲜亮的外壳被时间撕扯下来后，我们还会拥有什么？一个赤裸的躯体吗？因为对梦幻的流连，我在现实面前不知所措。

日子一天天在眼前明目张胆地逃走。压力和分数完全成反比地向坐标轴的两个极点奔去。曾经的伙伴们前行的背影越来越远，我终于决定离开。

我想我的生活应该回归平静了。告别了站在女生寝室下 K 歌的日子；告别了看不到未来，甚至不懂得承担责任的爱情；告别了同爸妈大吵大闹甩门而去的任性。当我同这些挥霍青春的轻狂挥手时，有强烈而尖锐的伤感袭来。

中午睡觉，晚上自习，成为我填占生活的两大利器。这种平淡让烦心的思考也离我远去，不必再苦恼于生命的意义，不必再苦恼于未知的明天。我开始明白在这个年岁做题、考试，就是梦想的本质。

五月已来，六月不远。充满阳光的校园又将是别离的起点。扬声器中流淌出纯纯的校园歌曲；BBS 墙上爬满了临行前的感言。也许很少有人知道，那些躺在白粉后的字迹还依然清晰。

记得有人说过："有些人是可以被时间轻易抹去的，犹如尘土。很多人不需要再见，因为只是路过而已。遗忘就是我们留给彼此的最好纪念。"也有人说："就要离开铁中了，似乎什么都没有来得及留下。曾经的欢笑、泪水、无奈和喜悦，总有一天会被重新诠释，这个春末夏初有些不是滋味。"

虽然这些文字在新学期开始后会被工人刷掉，但是一种情怀永远地留了下来。一面BBS墙是铁中人独特气质的写真。生活可以磨平我们身上的棱角却无法拔除我们内心的尖刺。

成长中我们有过分明的爱，我们尝过彻骨的伤。因为一场飘雪落泪，懵懵懂懂的季节，彷徨迷离的生活。据说在吃一个桔子时每一瓣都会有不同的味道。为了验证，我掰开各种桔子，然后把它们放入口中细细咀嚼。可悲的是我并没有得到确切的答案。感觉相同便相同，感觉不同则不同。后来我渐渐明白，于人于事也许都是这个样子。所以青春年岁中的爱和哀伤也仅是一个人的主观感觉罢了。绽放过微笑，流出过泪水，一次次尝试让我们找回方向。把曾有的爱收容在心里，因为体味过伤感的苦楚所以明白珍惜爱的芳馨。

尾声

当校门口没有转动过的摩天轮訇然倒下。

当他和她的迷藏在雨后日渐明朗。

当所有故事在开始前就被写下结局。

当我的ID由"冰冻北极虾"变为"不想长大"变为"绛色调复活"

变为"流浪银尾狐"，我开始把那些虚拟的幻境逐出记忆。我想起小若的话："依然是虾，余温犹存。"

我依然是最初的自己吗？不是，不可能是！我已带着成长划出的伤痕走过十八岁的尾结，那些被剪裁下的枝丫不复存在。

两天的高考似乎还没有感觉到它的光临就早已扬扬洒洒地离去。学哥学姐们开始摆出书摊，看着他们从拼杀中闯出后一脸的释然，我愈加向往大学的生活。好友旷曾在信中对我说："努力吧孩子，为了我们一年后恣意的笑。"

仅以此文献给赐予我生命并使之延续的父母；献给同我一起哭笑玩闹的伙伴；献给搭载我三年高中生活的铁中；以及果汁、旷、蔚远、睿、阿小、神、天洋、小光、小卫、江山、冰天、透透、MY、蔻蔻、小琰、水夏、花花。

你们在我生活中画出过唯美的轨迹，有你们我便有梦，有梦便有我们如夏花般炫烂的明天。

通往幸福的路是艰辛的，但我不孤单！

作者简介
FEIYANG

李念，理科生，偶然涉足新概念，意外获奖。不会编故事，作品基本写实，相当低产。（获第十一届新概念作文大赛一等奖）

穿越彼端的列车　◎文/晏宇

一

一趟旅途。

银河的一端，和另一端。

这个世界到那个世界。

这就是《银河铁道之夜》要讲述的故事。

淡银童话奇遇无尽。当人顺着那条开往天空的铁轨，向银河幽深之处前进的时候，他的眼前会出现什么？越过天上的芒野，露水河床星辰沙滩，向着一个永恒终点开去的火车，那是少年焦斑尼和他的朋友珂内贝拉最后的旅程，那里就是银河铁道之夜。

即使读后很多年都难以忘怀这个故事。

"半人马星座节"的夜晚，当星空初绽，孤独的山丘上是被同伴排斥，离群独处的少年，为了逃避寂寞和忧伤，独自来到附近的山岗上，坐在草地仰望夜空。忽然远方天气轮柱下传来火车的声音。星云渐隐，四周渐渐亮起三角形的路标，少年不知不觉就发现自己乘上一趟开往天空的列车，在车上意外地遇见了好友，然后一块儿随着列车，穿行在各个天空车站间。沿路散布着梦幻般美丽的风景：远方十字架的岛，捡拾核桃化石的新生代海岸，站立着捕鸟人的芦苇丛，天鹅座奇异的阿尔卑列气象站，候鸟铺天盖地的迁徙，以及终年燃烧着的天蝎之火……在一片广大的玉米田野上，《新大陆交响曲》低沉的乐音从天的尽头传来……还有那片无边无际的原野，始终在眼前宽广延伸。到达旅途终点南十字车站，所有人都下车了，等车上再度剩下他俩之后，焦斑尼这才发现银河列车是一趟开往天堂的车……

被称为日本国民文学之父的宫泽贤治，耗费了无数心血写下这个故事，直到逝世之前，仍旧不懈地抱病修改。然而，这童话如此神秘，终其一生，它在他的心目中始终是个"半成品"。这就使得故事永远笼罩上一层淡淡的谜。究竟这是否就是宫泽贤治心中银河之旅的真相，还是他毕生都在寻求某种方式，渴望完整地淋漓尽致地描绘他真正想要留给世人的那个世界？

直到最后，焦斑尼不知不觉间又要离开了，他这才发现珂内贝拉没有那张可以往返的车票。这趟旅途，他的朋友只有一次，我们大多数人也只有一次。焦斑尼悲伤地痛哭了起来，那一刻他明白，珂内贝拉就要被永远地留在河岸上了。

每次看到这里，就会莫名地感到伤感，那种难过和忧伤，那种失去至真好友之后，孤独一人踏上归途的空荡……

二

宫泽贤治，1896 – 1933。

感悟于这种恬淡的，而又无处不在的忧伤，无数人开始寻找故事背后作者隐藏了的一生。

他是属于那种生前默默无闻，死后却奇迹般获得巨大声誉的作家。

随着书页的延伸，眼前仿佛渐渐铺展开一片广阔的雪野……群山浩荡，大地坦荡如砥，一个孤寂的身影，行走在山坡上，置身于白茫茫的广阔天地之间……

身后，那些还没来得及被积雪掩埋的脚印形成了文字：

"我们即使没有足够的冰糖，却能够喝到纯净透明的清风和早晨桃色的美丽阳光。"

"而且，我在田野和森林中，经常看到破旧不堪的衣服变成最美丽的绫罗和镶嵌着宝石的衣服。我喜欢这样的洁净食物和衣裳。"

"我讲述的这些故事，都是树林、原野、铁道线、彩虹和月光，赋予我的……"

他的照片，面容清癯，表情似乎有点严峻，似乎总是在深深地思索什么，忘我地投入。

有时，那神情会使人感到，这个人的一部分并不存在于这个世界。

后世人赋予他众多头衔，却没有一个能够概括他的本质。

他也仿佛那么不合时宜，离群索居。虽然成长于富裕家族，却厌恶出身的环境。毕业之后，他放弃了家业，只身来到乡村，先是担任农学教师，随后亲自开荒种地，并指导农民。他给农民带去了新的生活。他为农家的孩子讲故事，为农民举办讲座，而且还把戏剧和音乐会带进昔日的贫苦之乡。

只是，他仍然是孤独的。

这是一个彻头彻尾的理想主义者，心中怀着广大的慈悲、美好的理想与无数色彩纷呈的想象。在他的时代里，各种社会改革的喧嚣之音何其繁多，却只有这个人身体力行了一种最朴素的信仰。

他在穷乡僻壤广袤而荒凉的大地上行走，然而目光却伸向天空，那里有未知而宽广的世界，世界的奥妙与人的内心一样宽广。他拿起了笔，笔下出现了雪原、星空、神秘的少年、树林、松鼠和狸猫。文字宛如透明般地流淌着，拂晓时的朝阳、积雪反射的月光、清晨最明净的天空，还有最清澈的泉水。

他把童话自费出版了，然而无人问津。

三

路过成片银白色的天上芒草，淌过比氢气更透明的天河水，路边盛开着闪烁幽光的龙胆花，两个孩子心中产生了幸福的遐想。珂内贝拉突然情绪低落地讲起母亲，不知道怎样才能让她幸福。然而焦斑尼并不明白其中含义，也许，只有回到现实后，得知珂内贝拉为救落水同学而死的消息的那一刻，他才能突然间理解为何在车上见到珂内贝拉是一个冰冷的，湿漉漉的孩子，理解珂内贝拉说这番话时内心隐含的忧伤。而他才刚刚和朋友分离。一种奇特的，远隔人世的感觉猛然袭上心来。他面对珂内贝拉的父亲，很想说些什么，却又不知为何无法开口。他和珂内贝拉的经历是无法与任何人分享的，那是只属于他们自己的难忘之旅。这趟旅途将牢牢印在焦斑尼的生命中，使他日后每时每刻，都能够活得充满信念，并且无比怀念那来自天上的讯息。

我在第一次读的时候，就喜欢上了珂内贝拉。谜一样的孩子，总是默默地在背后关怀他人，为别人而付出。然而在旅途全过程中始终隐藏自己的秘密，却只有在身后才被了解。

故事开头，珂内贝拉始终在默默帮助焦斑尼。焦斑尼上课回答不出问题，异常窘迫。原本对问题非常了解的珂内贝拉见此情形，就也故意装作不知道；焦斑尼因为家境贫寒屡遭同班同学嘲笑，尤其同班的扎内利老是和他作对。珂内贝拉是焦斑尼最好的朋友，他们两家的父亲也是朋友。珂内贝拉也常和扎内利一伙人在一起。半人马星座祭的夜里，焦斑尼要和他们放土瓜灯笼，却遭到扎内利的一顿抢白。人群中珂内贝拉是沉默的，但他用眼神告诉焦斑尼他的歉意。最后珂内贝拉为了救落水的扎内利而死，恰恰是那个霸道、讨厌的扎内利，使他付出了年轻的生命。

在那片星空的原野上，珂内贝拉望着随风飘扬的芦苇，然后说我该如何给母亲幸福。

丝毫不怨恨，也不希图他人感恩，只在心底对家人有着歉意。

旅途中一路遇到形形色色的人，焦斑尼有时也很任性，情绪化，面对列车上喜欢问问题的小女孩，爱答不理。而珂内贝拉却很有耐心，自始至终都如此善待他人。可以说，在这个孩子身上，寄托的是贤治的理想。

在人生尽头，珂内贝拉意外地有了焦班尼的陪伴。而焦班尼莫名地随身带着那张车票，可以回转人世，而珂内贝拉则必须继续他的旅途。

然而，也许是冥冥中的呼唤，才使得两个少年之间发生如此奇特的牵系，也许是一个呼唤另一个，也许是两颗心共同的呼唤。

"珂内贝拉，无论到哪里，我们都要一起去。"焦班尼这么说着。

发现珂内贝拉不见踪影，焦班尼才发现他对自己而言是那样重要。他大声喊叫，捶胸痛哭，然而珂内贝拉已经不会再回来。

《银河铁道之夜》的忧伤，就来自于这人生中无时无刻的陪伴，以及最后的离别。

贤治二十六岁的时候，最爱的妹妹敏子去世。据贤治的诗歌里所写，妹妹临终前要他用碗取来雪拿到跟前让她看。贤治悲不自已。那一刻记忆，最后的一捧雪，诗一般绝美而感伤的画面，被他以"银河，太阳，大气层的世界的天空""雪与水纯洁的联系"等诗句记录下来。

艺术能使生命不朽，也只有真正经历过生离死别的人，才能将那种失去之痛写得刻骨铭心。

也有人因此而认为，敏子就是珂内贝拉的原型。然而，看书时却突然感到，在这个神秘少年的身上，贤治也融入了自我的影子。他同时既是焦班尼，又是珂内贝拉。

四

　　这个故事我读了很多次，然而那些文字张力无穷、令人惊艳，牢牢地抓住视觉，似乎永远不曾让人厌倦，比《爱丽丝漫游仙境》更加幽微的神奇，如同水晶球里投射、打磨过的精致。我相信那些画面曾经在贤治心中是真实存在过的。只有真正到过那个世界的人，才能将它们描写得如此历历在目。那辆来自世界尽头的列车，似乎随时都在人世间呼啸而过，没有恐惧，通篇只留下淡淡的忧伤和美好，这是种温暖的诠释，因而能够超越死亡本身而震撼人心。

　　作品中那种清冷、诡异和天真的美丽，使无数读者为之动容，而且那种淡淡的哀伤，更是日本文学中常见的滥觞。只是，在尘世的掩映下，竟然可以恬淡得如此深邃。这种像由星空传递的忧伤，只有读另一部作品《小王子》的时候才感受过，同样是讲述星空的故事，小王子要更加遥远、单纯，而这一部则是更加贴近日常的生活。它没有沙漠星空来营造人迹罕至，也用不着迫降的理由远离人世，就使人们相信了这个故事，仿佛它似乎就发生在昨日的身边，某个黄昏或者夜晚；它拥有更加贴近的人与人的友情，以及对死亡的领悟。

　　然而，在某一刻的描写，其内质是共同的。沙漠里静寂的一刻，也正是焦班尼蓦然回首，发现周围空荡荡的只剩他一人的时刻。

　　两部作品都告诉我们：斯人已去，然而又是那么不露痕迹，让我们相信所有的人终有一天要再见面，就像飞行员仍然坚信小王子一定会回来。

这个故事也告诉人们，有的时候，就是这样的旅程使人与人分开。然而，人最终会了解，正因为有这样的旅途和分离，人们彼此之间的联系反而会更加紧密。

谁都渴望能够拥有珂内贝拉那样和善、却又刻骨铭心的朋友。但是人生总是意外地要面临分离。在旅途尽头，焦斑尼才明白，他能带走的只有他自己。银河铁道是一条"升天之路"，他已经陪同伙伴走完了从一个世界到另一个世界的距离……

五

贤治在世的时候寂寂无名，仅仅靠自费印刷了一部童话集和诗集。他的童话，绝大多数都是没有发表的手稿，成箱成盒，生前遭到拒绝，殁后却被奉为至宝。

在他去世之后，突然声名大噪，成套成套的全集得以出版，作品被收入各地的小学与中学的课本，在他的家乡，人们也建立了纪念馆，展览、收集和保存各种遗物和相关资料。仿佛是朝夕之间，贤治的名字开始变得家喻户晓，作品也受到广泛的喜爱，多次被搬上荧幕。同时，他悲天悯人的精神与卓越不凡的想象力也影响了后来的许多文学家和艺术家。

然而他依然孤独。

即使被称为"童话作家"，他却并不只是为了儿童在写作，而他的作品单纯中透着的复杂与深邃，更是远非儿童所能理解。然而他的笔法简洁而优美，无论大人小孩都能在阅读那些故事中，产生自己的想法，从故事中得到乐趣。

在日本，研究他的人不计其数，研究成果和专著也早已汗牛充栋。

他又被称为最为难解的作家之一，他的作品至今仍然留下众多谜团。许多篇目甚至众说纷纭，争论不休。这个只在人世呼吸了三十七个春秋的作家，留下了众多作品，无论生前还是身后，都发现自己始终无法得到世人的完全理解。

正是这种单纯和复杂的交织，构成了贤治作品咀嚼不尽的意味。

这其中最大的谜团，正是《银河铁道之夜》。

没有任何背景的存在，仿佛发生在一个脱离时光的地方，书中细枝末节的暗示语焉不详，人物的关系也未能完全交代清楚。众多的主题，字里行间存在的象征和隐喻也增添了无尽的神秘感。此外珂内贝拉神秘的身份、原型，主人公是日本少年却使用意大利的人名等等疑团仍没有定论。作品出版之后，曾有许多人尝试对它进行解读，可无穷的解读至今也不曾结束，也许因为所写的是生与死的故事，其中这一重要主题，正是人类的经验永远无法触及的。

而从另一个角度来看，这其实又是一个简单的故事，讲述两个少年的友情和奇遇。尽管是幻想作品没有背景，书中的银河铁道世界透着奇诡的美，真实得身临其境如在目前，使人感到故事仿佛真的存在过一样，在时光的某个角落，只等我们去追寻。

六

偶尔也能发现被这个故事感动了的人。

看到网上到处流传的画家 KAGAYA（加贺谷穰）的幻想画，似曾相识的景象使我马上明白其实就是为了这个故事而画的。后来又看了 KAGAYA 为纪念贤治诞辰而制作的 CG 动画。然而当第一次从画面上，而不是想象中看到了那趟星空原野中的列车，我还是激动得不能自持。站在那"钻石与露水"的河岸边上，看路边无穷无尽烟雾般的芒草与龙胆花，以及银色天鹅的车站。KAGAYA 的画风很适合用来诠释这个故事，看着不由得惊叹画家宛如与贤治取得内心共鸣创造的世界，那淡蓝、紫红，缥缈不属于人世间的美丽。以前不知从哪里读到日本动漫大师的宫崎骏简介，里面提到贤治似乎对宫氏有很深的影响，也不由得令人暗想《千与千寻》里那趟桥下火车与其的渊源。两部作品都出现了通往另一个世界的火车。列车，这连接这不同的土地的交通工具，代表旅行——生命的变动，把人带离原有的世界，去寻觅远方的迁徙，并且从中感受新奇与不安，去结识异地的风景和身边流动的匆匆过客，以及最后独自到达的终点。这过程对于任何人都是一场深刻的体验。

七

银河铁道之夜是由孤独的人写成的孤独的童话，失去了亲人空虚的心，他在世上总要幻想些什么。于是就有了这篇作品，他用写作在冰冷的世界抚慰自己，减弱无处不在死亡的恐惧，为亲人勾勒旅程中的世界。他的确做到了这一点。宫泽贤治将死亡，活着的人无法触及的神秘，写得惊心动魄的美丽。在他笔下，离世的人终将乘坐一列从天而降的列车，踏上真正追寻幸福的旅途。

　　闲来翻翻书后的研究和评论，发现有无数人尝试破解宫泽贤治留下的隐喻，卷帙浩繁皓首穷经。但我想，在所有解读和内涵背后，也许作者只渴望写一个单纯的故事，两个男孩的故事，告诉我们世界潜藏着神秘，防止心在这个荒芜缺乏想象的世界里枯竭。年少时，世界总是显得瑰丽和神奇，似乎每个角落里都隐藏着惊喜。而随着年岁渐长，司空见惯，生命在疲惫就日渐地平凡和暗淡。小学中学的教科书总是把自然界写成了无生趣的知识条例，似乎我们从小到大所受的一切教育就是为了学会对这个世界无动于衷，见惯不怪。于是，被凡俗的世界弄得很疲惫的心，向往着一个充满无限可能性的世界：每个角落都有奇遇在等待发生，每一个午夜都是未知世界的开端。

　　也许我们喜欢幻想的故事，就是希望唤醒孩子般纯粹的目光，重新发现世界的奇妙。

　　宫泽贤治给予我们这个故事，作为他融入生命的见证。我们同样可以用这个故事去抚慰心灵。所有的文学都旨在为了这一刻，向我们揭示世上的永恒深邃和奇妙。即使真有一趟列车从另一个世界开来，那也只是为了让人们了解世界原是无比神奇，每个角落都隐藏着未知的世界。

作者简介
FEIYANG

　　晏宇，网名风间轨迹、minstreland。（获第十一届新概念作文大赛一等奖）

你来我往  ◎文/徐衍

    2008，软绵绵的像是藏匿在很远的地方，那些日子像是过期变质的荒唐，一去不回。

    2009，硬邦邦的像是扭曲变形厉害的轴承，吱吱呀呀地转出铁锈味儿，清醒混沌，恍如隔世。

    大一就这么没了。这话出自阿一口中，地点是在一截夹杂着天南地北方言、"鸟语花香"的列车车厢。我只能说是啊是啊，然后拼命地回忆这一年到底做了什么？好像前方，在通往大二的过道上，埋伏着端着孟婆汤的孟婆，不认真记起来的话，我的大一就真的毫不留情地消失光了。我为数不多所剩无几的青春可经不起这样折腾。

    对于以稀为贵的物什，我向来都朝周扒皮看齐，往死里吝啬。

    天南地北地蹦跶，不知不觉就是一年，要是精确到秒，那得多惊人的一串数字啊。阿一这人活得比较实在，成天睡到自然醒，然后在网上淘来一大箱子的书，隔三岔五地给本来空间不多的寝室增加负担，悠哉得不行。

我掰着手指数落着我在异乡的九月、十月一直到次年七月,都快一个轮回了。三百多个与青春有关的日子啊,就在我中规中距地上自习、喝白水、翻书写字的当儿倏忽一下白驹过隙掉了。2007年那场并不怎么成功却轰轰烈烈的高考把我鬼使神差地投放到了远在伟大祖国另外一端的大西北去。人生地不熟的,再加上我常常在自己虚构的蹩脚小说里写些客死他乡的庸俗故事,我的心就虚得慌,幸好阿一和我做伴,这年头凡事拉个垫背的,心里才平衡瓷实。

皑皑的黄土山坡就那样在我尚未深入大西北时赤裸裸地一览无余了。南方人头一回看到这阵势,估计都不怎么好意思把那土堆称其为山。这个城市就被此类土黄色的土堆绵延不绝地缠绵纠缠,圈成了一座有模有样的围城。

新生报到,一群学生会的小干事热情似火地把行李不由分说地一把夺了去,再不由分说地连人也塞上车,感觉就像被劫持一样浩浩荡荡地开到了学校——我将砸在这四年青春的大本营。

树木倒是出奇地浓郁,荒凉的心情也多了一点宽慰的野花点缀。

收拾宿舍、兴高采烈地去交申请表,开向一个个社团。每看到布告栏张贴出入围或者复赛通知,我的名字被张牙舞爪地写在那儿,心里就会条件反射般地响起一阵那英的歌"就这样被你征服……哦耶……"

我的内心其实充满了不安分的变数。阿一不止一次这么数落我。

中文系最大的优势就是上自习,看小说也能看得冠冕堂皇。我周围不少理科生拼命地演算着我见都没见过的符号,草稿纸一张一张地涂抹,而我常常捧着本散文集悠哉游哉,不亦乐乎,对整个

2007 年报复。我要把那一年落下的荒废掉的书都他妈的一口气补偿回来，看书看得越来越有感觉之后，我开始重操旧业，写点酸溜溜的小文，赚点稿费，滋润滋润我的小生活。有回在计算机上机操作课上，那老师布置了个什么新建文件夹再把它删除的上机作业，我一听立马晕过去。阿一听罢，就抱了本《左传》翻起来，我则直接点开 WORD 文档，悠闲地写起酝酿多日的小说来。北村有句话真他妈的经典精辟，文学就是一次射精。我想想也对，一直把我那些五颜六色的灵感捂着憋着，真是难受，不吐不快啊。

那老师后来专门拿出半节课的时间来开了场批斗大会，誓要达到洗心革面的效果——"你们虽然是中文系的同学，但是也应该好好学，这计算机相当于我娶媳妇那会的缝纫机啊，那可是人手一台，人人都轻车熟路，立马上手的家伙。现在是 21 世纪了，你们也应该能上的时候就上，管他是计算机还是计算器，只要能上，那就是个合格的人才。可是就有同学，上机课不好好利用时间操练，不仅有人看小说,更有甚者还发展专业写小说!"这老师说得我同阿一俩，脸上一阵一阵的阵痛，燃起重新做人的念头。

我和阿一或许都是那种习惯活在动荡里的主儿。在电脑课上收敛了之后，我们又在军事理论上，一人整一 MP4。台上讲师苦口婆心边放映科教片，边用颤颤巍巍的国语发表着忧国忧民的言论，我和阿一在下面看纯情的《情书》、凌厉的《功夫之王》。阿一说这叫你来我往，真是鞭辟入里呀。

人生如烟花般，璀璨只是一瞬，幻灭才是永恒。当我的大一活生生地消失殆尽的时候，我才发觉我的大一，我和阿一的大一，无数走过 2007 年那场热闹无烟战争的勇士的大一，都幻灭成了永恒！

刚刚结束的期末考试还记忆犹新，我抱着大沓教材跑到大二学姐那讨要范围重点，然后抓紧最后几天窝在床上，背得那叫一个昏天暗地啊。好在我和阿一的下场还不算坏，上帝似乎还特别眷顾，给了我笔奖学金，我的小日子又滋润了一阵。

每周上体育馆打排球，为一球你来我往的。

在课堂上和老师一字一顿，商讨论文篇幅，你来我往的。

在食堂里，和老板讨价还价，你来我往的。

在私底下和小情敌争风吃醋，你来我往的。

你来我往，前赴后继的，阿一说我们的青春就这样你来我往地给蹉跎没了。阿一说这话的时候，虽然仍然是一副没心没肺的嘴脸，可是我看到她眼里闪过的慌乱，被我逮了个正着。忧愁！

你来我往，一拨一拨一茬一茬地前赴后继，大一啊。转眼来年我将怎么迎接我的学弟学妹，我会给他们划什么范围什么重点，再给他们怎么介绍这个城市其实很可爱，大学生活其实并不轻松也并不枯燥……

火车转弯了，路边亮过许多明明灭灭的小绿灯，扑闪扑闪的，又一个转弯就漆黑漆黑了。阿一在座上昏睡过去，我想起菲茨杰拉德，想起他那个煽情的结尾——

盖茨比信奉这盏绿灯，这个一年年在我们眼前渐渐远去的极乐的未来。它从前逃脱了我们的追求，不过那没关系——明天我们跑得更快一点，把胳臂伸得更远一点……总有一天……

于是我们奋力向前划，逆流向上的小舟，不停地倒退，进入过去。

（作者简介见《错是错过的错》一文）

荼南  ◎文/杨雨辰

尹荼南和陆禾佟分手那天刚好也是下了雨。

乐城阴天阴了半个月，整个城市像一屉蒸笼，把每个人蒸得汗流浃背，所有在街道上匆匆行走的人都能感到滞留在脚底和头顶的灼烧，以及贴在后背上湿透了的衬衫、T恤、碎花连衣裙的粘连潮暑。年轻的女子们把头发高高地缩成一个发髻，将手中捧着的冰红豆沙牛奶吸得只剩下一颗一颗红豆，吸管被咬得扁扁的。中年的汉子干脆把上衣脱掉，赤着膀子在小店门口蹲着吃一碗红烧牛肉面，他脚边卧着一条狗，它把舌头挂在唇边，嘴角流涎。挂在树叶脉络之间的蝉鼓动着双翼，竭尽全力想把那些浮躁从身体里挥去。

尹荼南坐在大开着空调的卧室里面，啃一截一截的鸭脖子，是之前从楼下那家久久鸭买的，十五块，每一个骨节边缘都还残留着暗红色的肉丝。尹荼南把碎裂的骨头拼接在一起，形成一条突兀扭曲的脖子，她想象着它伸展开来，好像要诉说着什么，有关于那些自缢或者梦呓般的话。有些事情，总是这样把皮撕

了却在肉上展开盘根错节的疼痛。

尹荼南用十五块钱的鸭脖子把自己辣得眼泪鼻涕一起流，她拿了一张纸巾胡乱在脸上蹭，结果手上的辣椒除了让她更加涕泪横流之外，又开始不停地打喷嚏。尹荼南慌忙地跑到厨房拿了一支雪人冰糕就往嘴巴里面送，雪人巧克力做的眼睛化成了两道模糊的棕色泪痕。尹荼南舒了一口气，她向来都是喜欢这种彻底的感觉的。可陆禾佟却总是说她做人的方式太过于激烈决绝。

陆禾佟还住在这里的时候，夏天时空调是不大开的。但是只要尹荼南一个人在家，总会把温度调至最低的十六度，陆禾佟回来的时候皱皱眉头，拿起遥控器"嘀嘀"地一直按到二十五度。陆禾佟吃菜也是喜欢少盐，尹荼南受不了这样的清汤寡水，通常把菜炒成不同盐度的两份，分盛在两个搪瓷碗里。那两个搪瓷碗是他们刚刚搬来的时候到一家小瓷器店买的，是一对，还分公母。尹荼南当时笑着说它们被我们养一段时间就要成精了。

那两只几乎每次都盛着相同菜式的搪瓷碗，其中一只终于在一次与陆禾佟的置气中，被尹荼南用力甩到大理石地板上，碎裂成很多块，每一块都粘着还没有被刮干净的柔软米粒。陆禾佟一直没有说话，从头到尾都是尹荼南在边上歇斯底里地尖声挑衅与哭喊。她就是讨厌这样自编自导自演的独角戏，他总是像一个站在局外的理智观众，还有那种洞悉一切的表情。尹荼南抄起刚刚盛好的饭碗，用力向陆禾佟掷去。陆禾佟头也没有偏，碗却偏了，砸在地上。尹荼南把拖鞋踢出去，分别砸在冰箱门上和椅子上，然后她赤着脚跑到卧室，重重地把门关上，把脸埋在枕头里面。记不得多久，陆禾佟悄悄把门打开，将尹荼南的拖鞋拎到床边放下，又走出去。半晌，尹荼南穿上拖鞋，到客厅去倒水喝，看到陆禾佟坐在桌子上，把一堆碎片放在纸巾上面，纸巾被搪瓷碎片上的水打湿，粘在桃木桌子上。陆禾佟正在用强力胶水试图把它们拼成一个完整的搪瓷碗的形状。尹荼南眼泪一颗一颗砸在陆禾佟的后颈里面，她从后面抱紧了他。陆禾佟总是用这样的缄默对抗她的歇斯底里。

客厅的白炽灯已经坏了一个多月了，尹荼南试过把它修好，失败了。开始几天总是感觉别别扭扭的，后来也就习惯了，可以在客厅的椅子上坐一整个下午，到傍晚。很多事情都会习惯的。就像以前不习惯咖啡里面不加奶精和方糖，现在也习惯了；以前不习惯在面食里面加醋，现在也习惯了；以前不习惯在早饭之前洗一个澡，现在也习惯了；以前不习惯在睡前做一点小运动，现在也习惯了。很多很多习惯，都是在跟陆禾佟一起的时候养成的，他走了，习惯却跟不走。尹荼南的身体内根植了太多太多关于陆禾佟的习惯。

尹荼南看看客厅里面挂的表，已经五点了。她把头发绾起来束在脑后，到厕所去洗了洗脸。她对着镜子，发现自己的下巴似乎比以前变尖了，整个脸都更加有棱角。尹荼南把粘在腮部的碎发掖到耳朵后面，对着镜子里面的自己，露出一抹微笑。

然后就是繁琐的皮肤上的操纵，从喷面部喷雾开始，然后是保湿霜、隔离霜、防晒霜、粉底。尹荼南贴着睫毛根部描眼线，眼线液不小心沾到睫毛上，凝结成一小束一小束的。打了黑色眼影的刷子软弱无力地来回在眼皮上刷，尹荼南小心翼翼地保持两个眼睛眼影的深浅度相同。睫毛夹把睫毛夹得弯翘起来，睫毛膏让睫毛看起来浓密。腮红在小塑料盒子里面碎成块状，尹荼南用手指放到小盒子里面蘸了蘸，均匀涂抹在两颊。唇彩循规蹈矩，没有超出唇线。尹荼南用一层一层的化学物质把自己遮盖得严严实实，不知道从什么时候起，她开始避免素颜出现在别人面前，在众人之前戴惯了面具，再摘下来的时候总有一种隐约的不安。

尹荼南在六点的时候准时把防盗门扣好，从外面反锁上。走到楼下的时候，发现在下雨，又返回楼上拿了伞。黑底红点的雨伞，还是去年与陆禾佟一起在人民广场被一场雷阵雨困住，从附近的便利店买到的雨伞，当时尹荼南为选黑底红点还是黑底白点的图案纠结了好一会儿，她左手拿一把右手拿一把，困惑地问陆禾佟："买哪把好呢？"他把两把雨伞都接过来，对服务员说："我买这两把。"后来那把黑底白点的雨伞被尹荼南遗忘在某辆出租车上了，为此她自己生了一天的闷气。

雨点砸在雨伞上面发出"噼啪"的细小声响。那种来自于雨天的温润潮湿的心情，从心口到手掌，从耳根到脚趾尖，包覆了尹荼南整个人。时间久了，就连从内到外的寒冷都能习以为常。其实陆禾佟在很久以前就开始给她时间让她适应一个人的生活了，她是演员，他却一直在有条不紊地安排着自己的离开。

陆禾佟已经坐在了那个靠窗的位子，雨点打在他面前的玻璃窗，广告海报被打湿的褶皱，贴合在玻璃上，他偏着头望着手里的一杯咖啡，小金属勺子在里面轻轻搅拌。尹荼南知道那一定是一杯意大利特浓咖啡，他总是不喜欢加奶和糖。现在连她都已经习惯了那种浓度的苦。一滴细碎的雨点逆风刮过来，沾在尹荼南的睫毛上，她一眨眼睛，雨水顺着睫毛滑进眼睛里，然后冲出了眼睑，在脸颊上留下类似泪痕的轨迹。尹荼南打开随身携带的小镜子，对着残缺的镜像，用粉扑小心补了补妆。

"等很久了？"尹荼南摆出自己在家里对着镜子练习过很多遍的微笑的弧度，每一句话每一个表情每一个眼神和微笑系数都是经过计算的。

"还好，刚来一会儿。"陆禾佟依然柔软平静。他放下金属小勺子，双手交叠在一起，手指修长，每一颗指甲盖都像一枚被磨蚀到棱角温和的白色贝壳。

"工作的事情怎么样了呢？现在仍然很忙吗？"尹荼南把折叠伞的带子理好，挂在椅子背上。

"偶尔出差吧。"陆禾佟右手食指弯成好看的形状，绕住了杯子柄。

"哦……"然后是半晌尴尬的沉默，之后，服务生适时地出现，端上了一杯热牛奶，放在尹荼南右手边。

"还好吧，你们？"尹荼南假装不经意地在这里用了倒装句。

"这是请柬。"陆禾佟拿着一张大红色的硬纸片，推到尹荼南的牛奶杯子前面。动作一气呵成，丝毫不拖泥带水，自然得像是喝一口水一样。

倒是尹荼南没有料到这样的场面，她的假笑僵硬地挂在脸上。陆禾佟总是有办法能够不留余地地把她的面具连皮带肉撕扯得片甲不留。然后他就能看到她的歇斯底里。尹荼南竭尽全力想要用残破的笑容把自己的讶异、愤怒、尴尬隐藏起来，手一抖，牛奶就从杯子口漾了出来，木质桌面上的斜痕里面嵌满了乳白色的汁液。被掀掉盔甲的尹荼南就像一只突然陷入困境的小兽，举步维艰，进退维谷。她绝望地用纸巾擦拭沾满牛奶的手指关节，一枚失却了贝壳蚌肉一样，每一粒沙子都使她痛苦不堪。

陆禾佟坐在那里依然不动声色。即使牛奶滑稽地挂在他的眉毛和睫毛以及浅浅的髭须上，让他看起来像一个圣诞老人。尽管在周围顾客的低语声和服务生的诧异眼神里，他依然是一副置身事外的样子。倒是尹荼南不可遏制地把眼泪浸透了薄薄的纸巾，眼睑像被冲溃的堤岸，泪水就从大大的决口开始不停涌出。

婚礼一个星期之后在乐城大酒店如期举行。在一个星期之内，尹荼南每天只喝几杯水，吃少量的水果，维持最基本的生命需要。她每天简单洗漱之后，把头发扎成松散的马尾，铺一张报纸在阳台的地上，从早到晚坐在那里，一盒一盒地抽烟，看小区里的老人孩子们，夹着包步伐矫健的上班的人群，看他们匆匆地上班，回家。尹荼南脑袋里面一片空白。七天下来，就这样硬生生地让自己瘦下去了六斤半。

那张婚礼的请柬，新郎陆禾佟与新娘×××。尹荼南从来都没有机会知道这是一个什么样的女子，甚至始终都没有记清楚新娘的名字。连请柬都被她扔到过垃圾桶很多次，但每次又都重新捡回来放到桌子上。最终，还是没能扔得掉。最终，还是去了。

尹荼南穿了Ⅴ字领的黑色连衣长裙，整个人呈现出了关于女人的美好的弧线，领口刚好可以把骨感精致的锁骨全都露了出来，颈子上系一条钻石吊坠项链，耳垂上的两粒珍珠把她的侧脸修饰得柔和了几分，涂了浓郁的黑色在指甲盖上，十朵毒花样的形状，蜿蜒在指尖。尹荼南把头发披散下来，不施粉黛。她表情肃穆庄重，不像是参加婚礼，倒像是去参加葬礼的嚎丧者。死的是她的爱情。

新娘看上去就是温婉贤淑的女子，腼腆内敛地，眉梢眼角都是怯懦而谦卑的笑，眼睛弯成了好看的月牙形状，牙齿像两排被海水冲刷到洁白无暇的细碎贝壳，整齐地排列在肉红色牙床上面。这样的笑，尹荼南从来未曾拥有过，也无法企及。她浑身都带着尖刺，戾气，总是在经意或者不经意之间伤了别人或者伤了自己。

陆禾佟穿着笔挺的黑色西装，领带与衬衣平整，没有一点褶皱，皮鞋擦得锃亮。他也是在笑，面无表情的公式化的笑。尹荼南心口一阵钝痛，她不自然地整理了一下自己的衣服，胸中跳动的心脏，源源不断地快速挤压着血液，循环着敲击着她，从耳膜，到胸口，到指尖。那些被黑色甲片覆盖着的肉，钝重地疼痛着。十指连心，她疼得倒吸一口冷气，把面前饭桌上的一杯白酒仰脖灌进了喉咙里，唇齿间都是谷物发酵过的味道。

有很多次，尹荼南在家里，自己一个人一边听歌一边喝掉一瓶白酒。那种分不清现实与梦境的状态，对她来说是最好的。尹荼南披头散发像一个疯子一样坐在地板上唱歌，睡觉，有呕吐感的时候会挣扎起来到厕所去一手扶着马桶一手抠喉呕吐。混合着胃酸的秽物从胃袋里返回到口腔，把她的喉咙灼烧得像无数根小针刺在上面，嘴角也被胃液侵蚀得红肿。陆禾佟总是会适时地出现，轻拍她的背部，递上去一块毛巾或者面纸。他说，荼南，你不能这样折磨自己。

陆禾佟与新娘接吻的时候，用右手手掌托住她的脑后。尹荼南在一分钟之前还以为陆禾佟只有对自己才会用这样最轻柔的姿势撷取关于她的一切，就连新郎新娘接吻的时候，尹荼南半梦半醒之间还以为台上那个穿婚纱的女人是自己，一分钟之后她恍然大悟自己已经变成了别人记忆里面的某段曾经，被抹去了的曾经，就变成了数字零。这个时候尹荼南忍不住想要呕吐，她循着浪漫的结婚进行曲，找到卫生间，还没走进去就在角落里吐了一地。所有的人注意力都在台上那两个人身上，尹荼南蹲下来抱着膝盖无声地哭。然后就有一只手，轻轻拍她的后背，递过来一张面纸。

尹荼南以为是陆禾佟，她惊喜地转过头去，看到的是陌生的身材颀长的男子。她把头转回来，为自己的狼狈、自己的不堪而感到羞耻，她不想让别人看到从自己身体里衍生出的秽物。尹荼南总是这样，每一次都把自己搞得像错步上前的小丑。

"你还好吧？"男子略带着温良的笑意。

"哦，我没事。"尹荼南用面纸擦拭了一下嘴角，尴尬地想要离开那一滩呕吐物。

"喝得这么猛，对身体很不好。"他说。

"嗯……"

吐过了就好多了，人也清醒了，尹荼南返回到座位上才注意到男子原来就坐自己旁边的位置上。大概是陆禾佟或者新娘的亲友。喜宴开始，男子不停地往尹荼南的碗里夹菜，浅浅的一层白米饭上面，堆满了花花绿绿的青菜虾仁和油汪汪的红烧肉块。她没有动筷子，也没再喝酒。就连新娘挽着陆禾佟过来敬酒的时候，她也是点点头，笑一笑。陆禾佟向尹荼南敬酒，他捏着酒杯一饮而尽，男子站起来，替尹荼南回了他一杯，之后又敬了陆禾佟一杯。新娘看陆禾佟的眼神饱含关心与疼惜。

新郎陆禾佟与他的新娘转身之后，尹荼南轻轻地站起来，拎起了提包就要离席。尹荼南看着他们的背影，终于相信那个她无时无刻不在依赖着的男人，他们的爱情，正在渐行渐远，她将要与陆禾佟分道扬镳，相忘于江湖，老死不相往来。迈步的时候，她被一块突兀的地毯绊了一个趔趄，手扶住桌子，掌心粘了好几块被食客剥离开虾肉的虾壳，虾子头颅上的尖刺把她的掌纹刺出了殷红的血渍。尹荼南抚摩着受伤的手掌，黯然地离场。身后是那些被快乐幸福与美好祝愿充满了的人群。

"喂，你的手机。"男子在尹荼南关上出租车门之前追了上来。

"哦，谢谢。"尹荼南接过手机，关上车门，又摇下车窗，从嘴里面生硬地挤出这两个字。她是向来不擅长道谢与道歉之类的说辞的。

男子并不介意，揿了几下自己的手机，尹荼南就接到了短信，陌生号码显示的内容是：我叫顾良生。尹荼南想着大概他私下里偷偷记下了自己手机的号码。然后她笑一笑，出租车渐渐淡出了他的视界，他站在原地没有动，目送着她的离开，眼神虔诚得像是一个朝圣的信徒。

顾良生是新娘顾乐言的同胞哥哥。侧脸弧度柔和，眼睑处有一粒小痣，牙齿洁白，手指修长干净。尹荼南想，怪不得总觉得他与新娘眉目之间有些相似的痕迹。血管里同是淌着那些安静内敛的血液，笑起来同样的温顺纯熟，大抵都属于那种性格平和内心善良静好的一类人。

　　一起去吃饭的时候，顾良生还是会往尹荼南的碗里夹菜，他觉得她实在是太瘦了，接近病态的纤细，接近营养不良。他说，你的整个人就像是一只被啃光的苹果核。尹荼南不以为意地把烟头摁灭在烟灰缸里，缸底有少量的水，发出"嗞嗞"的灼烧声音。

　　还有，以后不要抽烟了。饭后，顾良生把尹荼南的打火机扔到路过的垃圾桶。

　　"赔我，zippo 的呢。"

　　"我宁愿赔你 CK、Dior、BURBERRY……"

　　"呵呵，真是有钱人。"

　　他们刚好路过 La vinne。尹荼南指指在橱窗里的毛绒大熊，说："送我那个好了。"顾良生才绽出好看的笑。他不知道，他代替陆禾佟完成了对她的承诺。彼时，陆禾佟对尹荼南说过的，你生日时我会送你一个 La vinne 熊。但终究还是没能熬到她的生日。

　　尹荼南抱着乳白色的布熊，手指穿插于它的皮毛之间，那是一种让人觉得安全的手感。顾良生只是笑。然后尹荼南拉住他的手，仅仅几平方厘米的肌肤的接触，温暖就从顾良生的指尖蔓延到掌心，灌注到全身的皮肉。

　　尹荼南开始了同顾良生的恋爱。在那段时间她可以明显地感到，自己的视界变得越来越清晰。失恋造成的轻度失明状况暂时得到有效缓解，连整个世界都从黑白灰的绝望色调中被救赎成了彩色，关于红绿蓝三原色调配出的斑斓。这是件神奇的事情。也很少无故伤感与歇斯底里。于是终于开始在回复味觉的时候，难得地到菜场去、、卷心菜、莴苣，或者西兰花，以及水果，苹果、柚子，柠檬是用来泡蜂蜜红茶的，切成薄薄的片状，加蜂蜜腌一晚上，第二天早上可以泡一杯酽茶。心情可以好到自己跑到处于隐秘角落的一个小咖啡馆，点一杯卡布基诺，午后的阳光透过窗子射到一块芝士味道很浓的蛋糕上，醇厚的口感终于重新让生活变得有滋味起来。她断定陆禾佟是水，只能使她的心情与生活一味地潮湿阴仄。而顾良生是一束阳光，照暖了她如同生长在暗处的青苔般阴翳的生命。

陆禾佟敲门的时候，外面正阴着天，尹茶南收完了晾在阳台上的衣服，正在洗那只没有碎掉的搪瓷碗。刚刚用它盛了满满一碗的樱桃，她全都吃掉了，吃得指缝齿间里都嵌满了红色的汁液，白底的碗被染成了蔻丹的颜色。防盗门金属冰凉的撞击声穿破了空气的桎梏，尹茶南手一滑，搪瓷碗摔在水池里，终于破掉了。搪瓷碎片把尹茶南的手指肚划出一道裂痕，血珠像樱桃的颜色，染红了搪瓷碎片边缘。她知道陆禾佟从来不按门铃，那是她熟悉的敲门的频率。

他们依然熟悉彼此的身体，关于曲线或者柔软或者平滑的程度。他们用习惯的方式进行。

陆禾佟说茶南，我爱你。

床上说的话，不能作数的。尹茶南笑一笑，把手边的床单抚平。

陆禾佟说，我一直爱你。

那你离婚吧。尹茶南作难陆禾佟。

沉默将两个人凝结成琥珀里面的小昆虫。或者这根本就是作茧自缚。尹茶南是知道的，他们两个人都知道，违反了游戏的规则，重新把两个人硬生生地连接在一起，结果很可能是最坏的。但他们都无法克制，关于那些飞蛾扑火的故事，他们开始了自我毁灭，用对方把自己点燃，然后心甘情愿万劫不复。

La vinne 的米色大熊被尹茶南当做枕头压在颈下，柔软的质地，让她想起顾良生的温润手掌心覆盖在她的眼睑，她透过他的指缝看阳光，血红色一片。顾良生把一粒葡萄塞到她的嘴巴里，整个口腔里都是水果的清新香味。尹茶南闭着眼睛摸到顾良生的脖子，她环住它，然后找到顾良生的嘴巴，轻轻咬他的嘴唇与舌尖。顾良生的嘴巴是草莓味道的。尹茶南半梦半醒之间呢喃着："禾佟，禾佟……"

"茶南，你说什么？"

尹茶南讪讪地假笑，拿开了顾良生的手，说，我们去吃饭吧。

尹茶南带顾良生去了一家泰国菜馆，并不出名，菜式却繁多，口味独特。吃饭的时候还有泰国的女人在台上表演泰国的民族舞蹈。她们光着脚踩在红色地毯上面，手很软，能向后弯成九十度，脸上挂着弧度最大的笑容，衣服上装饰着亮片，在灯光下鱼鳞一样耀眼。

他们在角落里坐下，刚刚打开菜单，便听到女声惊喜地叫道："哥，你怎么也来这里吃饭。"尹茶南抬头看到陆禾佟被顾乐言挽着走过来。

"哦，茶南说这里的菜很好吃。"

"嗯，禾佟也这么说，看来应该是不错。"

陆禾佟和尹茶南心怀芥蒂地互相看了一眼。

两个心怀芥蒂的人把整顿饭吃得压抑不堪，尹茶南吃炒饭的时候误把辣椒吸进了气管，于是她被呛得涕泪横流，接过顾良生递给她的纸巾，闷声闷气地又打喷嚏又咳嗽，尴尬不已。

"良生，送我回家吧。"尹荼南口齿不清地说。

"实在不好意思。"顾良生对陆禾佟和顾乐言抱歉地笑笑。

那天晚上，尹荼南莫名其妙地在顾良生的胸口哭得一塌糊涂，眼泪把他的衬衣揉得皱巴巴的，顾良生没有说话，只是拍着尹荼南的后背，像安抚一个孩子那样。他是知道的，她也就只是一个孩子而已。他也知道，尹荼南将要说的下一句话是什么。

"良生，我们分手吧。"尹荼南说。

"好好照顾自己。"顾良生抱了抱她，顿了一下，他说，"荼南，请你放过乐言好吗？"

尹荼南打了一个趔趄，坐在床上。她终于知道，顾良生是比陆禾佟更加高明的看客，他将自己融入了她的戏，尽管他早就洞晓了故事的结局。

尹荼南离开乐城的那天，也是在下雨。她订了飞往北方的机票，她想北方干燥无雨的天气也许更加适合自己。尹荼南撑着那把黑底红点的雨伞，拖着行李箱。雨伞的骨架已经有一点生锈了，尹荼南指尖沾上了红褐色的粉末，她把 SIM 卡从手机里面取出，折成两半，丢到路边的垃圾桶。她想着，这回，陆禾佟终于不能再像操纵提线木偶一样，牵动她每一根神经了。于是她笑了起来。

经过 La vinne 门口的时候，尹荼南看到新款式的大熊被摆在橱窗的部分，突然，眼泪毫无预兆地冲破了眼眶，在脸颊划下两道伤痕，又从下巴砸在地上，那声音，和雨滴的声音一样。

（作者简介见《我们和猫一起流浪吧》一文）

味儿  ◎文/周易

一

我该从哪里说起呢？

我被父母安排到了这个学校，再被校长安排到了这个班级，又被老师安排到了这个座位。

这不是我选择的，我也无法选择。

不过这个座位就好像事先留好了一样。它既不在角落，也不在讲台的正前方的前几个。而是在第五列第五行，从窗口数第三列第五行。

我只记得我放下书包坐到位子上的情景了。书包带打在桌上"啪"的一声响，椅子小声地尖叫。一转头，同桌的女孩子友好地笑着。

这是我第一次转学，但我是个不太有新鲜感的人，因此我只是拿出眼镜，摆出书本，又想起也应该礼貌地向同桌笑笑，然后便抬起头来，让目光高于一列列的脑袋，投向黑板。

二

　　这样的日子大约过了两个星期，我和班上的同学也渐渐熟识起来。这似乎也是个很平常的班级，或许唯一的不平常就是我那个莫名其妙空着的座位吧。但没有任何人提出它的不平常。或许它只是因为坏了原先的桌子或是椅子，坐不住人才一直空在那儿的吧。

　　这天天气燥热，我竟然也像男生一样被汗浸湿了衣服。我寻找着可以使我凉下来的东西，像是英语书那样大页面的可以当扇子，用力地扇，在上课之前可以尽快凉下来。

　　燥热的空气让地理课昏昏沉沉，正当我慢慢低下头开始瞌睡时，突然，我闻到了一种气味，我下意识地用手来回扇了扇，但这气味似乎并不肯散去，反而像是蛛丝一般在我的脑壳上绕了一个圈又轻轻地垂下来，缠在我不断挥动的手指上；于是我感觉这气味源源不断地从脑壳上从手指间隙冒出来，不顾一切攀上我的嘴唇，钻进我的鼻子。

　　我一阵恶心。这气味很像是黄山太平顶上那个不通的厕所发出的臭味和水沟飘散出的臭味勾搭在一起，混合出的。我不仅是被臭到了，鼻子中也有针刺的感觉，甚至连脑袋也有了眩晕感。

　　我在我即将到达忍耐的极限时从口袋中掏出纸巾，握在手里垫在嘴唇上。这气味仿佛还在敲打着纸巾，但纸巾被浸透攻陷也要一段时间。

　　臭源在哪儿呢？我前面的男生完全可能是元凶，放了屁连身子没有任何动静他完全能做到，但为什么他同座位也没有丝毫动静呢。

如果说男生的嗅觉迟钝的话，那我的同桌，同样为女生面对如此强烈的气味也不该无动于衷啊。

"喂，你有没有……"

"有没有什么？"她转过头来，又马上转向黑板，握着笔的纤细的手在不停地记着黑板上的图。

"没什么，我想起我还有支笔能用。"

我拙劣地骗着人，一只手从书包里拿出备用笔，将那支能流畅书写的笔放进笔盒。

三

从那次上课以后，各种臭味便一直忠诚地跟着我。无论到哪里，我都会开始闻到各种浓重的臭味。公交车箱里飘散着氨气的味道以及胜过体育课完后的汗臭，无论躲到车厢里哪个部分这臭味都如影随形，似乎连车箱中的宣传画都飘散出来烧着的塑料袋那样的化学药品的焦糊味。我戴着口罩躲到了一个怀抱婴儿的孕妇后面，我想她们的身上应该干净吧，不会再有那种味道了，结果我刚准备掀开口罩透透风，我的肠胃就一阵翻滚。

一阵肉腥气像一团胶状体糊在我的鼻子上，那婴儿突然被大人逗得咯吱一笑，更浓重的肉腥气味便从那婴儿的口中喷薄而出。

连家中的饭菜也不能幸免，尽管它们看起来是如此的美味可口。我用最快的速度把"饭菜"咽下，躲进屋里，那有我气味的房子终于隔开了外面的地狱，我躲在床上头痛欲裂，鼻子中却仍然有残余的的臭味在翻滚。

四

早上，我被臭味前呼后拥地送到了座位上。我的眼皮里灌满了铅，眼珠子血红。周围的臭味仍不断袭来，我有点招架不住了。

"喂，喂，你没事吧？"

我缓慢地转头，我看见了同桌的脸。

"没事，只是头痛。"

"是不是有什么气味？"

"你能闻到吗？"

她摇摇头，她露出复杂的表情。

"很臭很臭的味道，你们真的闻不到？"

她低下头，轻轻扳着她漂亮的手指。

"你这是幸运还是不幸呢？"

"幸运，你开玩笑吧，我二十四小时像在一堆垃圾中。"

"对不起"，她转过头来，眼神很暗淡，"我不是这个意思，只是，你真的和他一样，而我就不行。"

五

他旷课后的三个星期你便转来了，估计学校是算他退学了。他从来没旷过课，我想一切也就是他说的那气味造成的吧。想起来他是一年前坐到我旁边的，他刚来时不与班级的任何人接触，也从不参加集体活动，平常来得晚，放了学就没影了。跟我坐了半个多月连话都没说过，直到有天他忘记带课本，他才开口让我把书和他一起看。

我记得我当时不自觉地就笑了，似乎觉得他发出请求是个很稀奇的事吧。他看见我笑得很茫然，于是就低下头来看书了。那堂课他很活跃，不时地挑老师的错，说一些人物的野史什么的，甚至还阴阳怪气地学同学发言的腔调。

我从那时候才开始了解他，他告诉我他并不是刻意不和人接触，只是因为没什么话说，便不想去寒暄。他自己就讨厌阴郁的人。他还告诉我他的许多琐事，像他早饭只喜欢吃馒头汤饭啊，啃尼采又啃了多少。我奇怪他课后哪来的那么多闲暇时间，后来他说到这个问题，原来他是自己一个人住的，父母都在外地工作。

但是我总觉得他对我藏了许多东西，因为讲到许多话题是他总是会戛然而止，要么岔开话题，要么就此不说话。这是我看不惯他的地方。因为我正听的兴起而他却把脸转过去的样子真的很欠打。

有一天他跟我说他终于把尼采的《偶像的黄昏》啃完了。我问他有没有把耳朵割下来的冲动。他冷言冷语的嘲笑我说连尼采和梵高都不分。但就是在这天的第三节课上，他也突然拿出了餐巾纸堵上鼻子。他问我："喂，有没有闻到怪味？"

我开始以为是我的衣服有汗味了，所以我中午洗了澡下午换了一套衣服，结果他仍和早上一样。但他却掩饰得很好，只是见到他头上的汗珠痛苦地往下掉。我以为是前面的男生但很快否定了我的想法。放学时我还问了周围的几个女生有没有闻到怪味，她们都说没有。

　　情况越来越严重，我看到他开始十分疲倦，他似乎头也很痛，情况和今天的你一样。我不知道是不是他的鼻子出了问题。但我想肯定没那么简单。因为他看起来真的很痛苦，但他真的很厉害，他的脸上显不出来任何东西。

　　这天过后的第三天，他在早上考完数学后便请假回去了，结果他便没再来了。

六

　　"然后呢？"

　　"然后……没有然后了啊。"

　　"那他到底怎么了？"

　　"然后一段时间你就来了，然后闻到了一样的气味。"

　　"我是问他，他怎么了？"

　　"他……"

　　"他怎么了？你倒是说啊！"

　　我的音调提高了。我想象不出我的表情，但肯定是吓到同桌了。

　　"对不起对不起，但我真的是不知道了，我也很想找到他啊。所以我才羡慕你和他一样，因为我对他一点线索也没了。"

　　"他还说过什么话吗？"

　　'你是指他走之前那天吗，应该都是些无关紧要的吧。"

"你再想想。"

"他以前说过可以到他家找他，可我去的时候一个人也没有。"

"等等，他家在哪？"

<h1 style="text-align:center">七</h1>

放学时阳光耀眼，我借口留校，便没回家去。踏着脚踏车到了同桌告诉我的那个小区。

我兜了好几个圈才找到 1 栋（从南门进去，1 栋竟在西门），我存了车上楼，阳光从楼层间的镂空处透出来，打在我的半边脸上，而另一半却在昏暗的楼道中，这种感觉很奇怪，身体好像被人分开了一样。过四楼时镂空的地方被杂物遮起来了，我身子便又粘在了一起。我的眼睛被晃得难受，睁开眼睛时却已上到了五楼。

501 是往左边吧。我准备按门铃，却发现门是虚掩的。

我把门打开一点，里面没有什么动静。我的好奇心让我跨进去，我的脑中不断想象那个和我一样能闻到奇怪气味的人的样子。

"你是谁？"

我充斥着各种画面的大脑被这突如其来的声音清的一干二净，空白一片，我回过头看见一个女人，不，女孩，化着烟熏妆，斜靠在门上，歪着头打量我。

"我是……"

"你就是他说的那个纯情同桌吧。"

"啊？不是，不是，我是他以前同桌现在的同桌。你是？他不是一个人住吗？"

"一个人住就不允许别人有这套房子的钥匙了？你找他吧，他不在。如果是有关臭味的问题还是别费力来了。"

"不是，我……"

我的话刚刚到喉咙口便又咽下去了，这女孩仍侧着脸盯着我，她的眼神很犀利，我的目光被她格挡开来，我不得不时不时低下头。

"你知道臭味的事？"我对她刚才的话很敏感。或者说我现在对任何有关我闻到的臭味的事感到敏感。

"不知道，只是他有事没事地捂着鼻子，我以为他又是那根筋搭错了，这样看来是真的。"

"很奇怪，我都觉得像是小说，怎么会周围突然变臭的呢，我连鼻炎都没得过啊，鼻子却会坏到这种地步。"

"坏？"她直起身来，走过我身边，奇怪，她身上并没有臭味，应该是没有气味。

她走到窗花边的花盆前，从塑料袋里取出一袋真空包装的花泥。

"你看这东西被严严实实地裹着，你不会闻到它的味道，若是我再往外面涂点香水什么的，你闻得便觉得是香的。可是我拆开包装呢？"

包装开口了，刺鼻的气味扑面而来。

"这便是它真正的气味。我是指真正的，不被伪装包裹，不被香味掩盖，真真正正的气味。我想我们生活的世界就是被一个透明袋子罩着得把，而你就是那个幸运的把脑袋从袋子的开口处伸出来的人，闻到这个世界真正气味的人。可是，真正的气味，可能就像是地狱的气味一样。谁又知道我们不是生活在地狱中呢？"

我一怔，后背好像出汗了，我看着她。

那女孩坐到沙发上，双手抱着膝盖，蜷缩起来。

"这只是我的假设，你别当回事儿就行了。"她睁开眼睛看我，她的眼睛很清澈，瞳仁是浅黄色的，像这陈旧房子里陈旧的阳光一样。窗户摇晃着，反着阳光，明晃晃的。

八

真实？幸运？

那女孩的话我从未想过，甚至想都不敢想。如果不幸被她猜对了，那么我要为感受到真实付出的代价也太大了。要是这样，像平常一样被蒙骗不是很好吗。正常的气味，正常的感觉，像是涂了粉的蜡黄的脸，像是上了漆的残破的墙。至少感觉起来不是那么坏。久而久之，自然而然忽略了真实，而把漂亮的假象当做真实，这样不就是这个世界所想做的吗。为什么非要送我一张门票，让我绕到后台去看它的真正样子呢？难道世界掩饰自己掩饰累了，才想让人看着它的真实模样，给良心个安慰吗？

我不知不觉将车骑得飞快，以至于差点闯了红灯。我在路口停下来，下午上班的人还寥寥无几。我突然闻到一股辛辣的气味，一种好似迫不及待冲进我鼻子的气味，我环顾四周看是哪儿发出的，结果一无所获。骑过路口，我的速度慢下来，渐渐的，那辛辣气味消失了，我鼻中气味变得柔和，有股薄荷的味儿。这是几天以来闻到的最好的气味了，我们猛然发现，这气味好像适应着我的心情，不，好像是心情决定着我的气味。

这是我的味道。

一路上我骑近他人，果然，他人的心情和气味一起显现出来。焦虑的气味，懒散的气味，洋洋得意的气味，无助的气味……气味也变得五彩斑斓起来。当然臭味也少不了，但我却开始觉得这的确是一件礼物了。

九

那天中午的发现让我的日子变得好过起来。知道了这是件礼物，知道了礼物的真正用法。臭味的事也轻松解决。因为只要我心情好，令我舒服的味道足够能阻挡外来的气味。并且再不要看人脸色行事了，因为气味就能让我知道他的心情：香喷喷的可接近，臭哄哄的赶快离远。

一个星期轻松过去。周末，我接到了同桌的电话。

"喂，他女朋友打电话跟我说了他的消息了。"

"啊，那是他女朋友啊。"

"嗯，他要回来了。"

"啊？"

"他没失踪，记得我跟你说过他一个人住因为父母在外地工作吗？他去他父母那儿了。"

"那儿是哪儿？"

"西藏。"

我放下电话。

西藏，我心想，他在一定也在那儿找到答案了吧。

十

周一上学时，看到我座位上坐着个男孩，同桌正笑容满面。我走近我的座位，那男孩儿抬起头来。他脖子上有个精致的降魔杵，眼神澄澈，瞳仁是淡黄色的，像那个女孩儿一样。我感觉到空旷而清新的气味，像是早晨吹过旷野中野草的秋风。

"你好同学。"那男孩儿漂亮地笑着，又耸了耸鼻子，"你身上的味道很好闻呢。"

"那是我的气味。"我也笑着看着他，"很高兴你能闻到。"

作者简介
FEIYANG

周易，生于 1990 年，属马。（获第十届新概念作文大赛二等奖，第十一届新概念作文大赛一等奖）

兰花香  ◎文/王新乐

　　突然就是这样的季节，有风，没有云，还有一个我。天上的太阳用光亮表达着一种存在。在它的微笑中，我担着心中的痛，走进了那片忘忧森林。

　　森林，名曰忘忧。不知何时而立。关于忘忧森林存在着各种各样的传说，但各个传说的相同部分是那里住着一个长相奇美的男子，他有一种无与伦比的力量，能让你忘了几世的伤。

　　听到关于忘忧森林的传说时，我正陷在一个关于青春的故事中。那似乎是每一个历经青春的人都会遇到的。不知何时开始，不是如何面对。没人知道我的感受，只想把他们藏在内心的小盒子里，不想被人察觉。然后发现了自己的所作所为都更像是一个虚无缥缈的梦。这个梦做了那么久，以至于自己也分不清梦境与现实。我想选择遗忘。但，遗忘确实是一种坚强的力量。我没能拥有她，也没能拥有这种力量。所以，我在强迫遗忘与无法遗忘中伤了自己，内心的苦闷和忧郁让我像一朵行将枯萎的花。花终究忘不了其为一

朵花。

我不想让青春随风飘落，拾起行囊开始了关于忘忧森林的寻找以及自我解脱。

当然，忘忧森林作为这大陆上最神奇的地方，鲜有人知晓它的所在。我只能在记忆与现实的双重折磨中，跋涉在一条又一条的路上。直到有一天，我确信我来到的这片森林叫忘忧。这是一种让你感到窒息的气质，你不会明白为何会那样相信。这片森林和他处并无多大相异。它们的树同样的参天，阳光透过叶子间的缝在斑驳的不成路的草地上投射出迷人的光晕。我听到了几声鸟鸣，也瞥见了一只野兔逃离的背影，忘忧森林不是死亡森林，忘记毕竟不是死亡。

在森林中赶路有时可以称之为惬意，有时就可称之为失意。当你看遍了千篇一律的树，听遍了万吟一声的鸟鸣，你会明白惬意与失意的差距。而，在这种森林里走路的结果是你会陷入一个永远也走不出的圈，在圈子里绕啊绕，永远也发现不了那棵树你已经与它数十次地擦肩而过。这很像我青春的那段记忆。我在一次又一次的伤心与信心中绕个不停。全然明白不了那些让我快乐伤心的种种新奇的事情都不过电影的一幕幕重现。

可怜的是当我发现自己身处险境时，一切都已太晚。

我在一个又一个圈中吃掉了带来的食物，我在一个又一个圈中历经了年少时光。

没有食物，没有水。在忘忧森林中，我似乎陷入了一种绝境。我逐渐明白为何有人称其为死亡森林，也逐渐期待死亡的来临。

死亡，就是彻底的遗忘，也就是永恒的解脱。

但，死亡却还是与我擦肩而过。在我放弃了前进时，我嗅到了一股不属于这森林的香气。循着香气向前，就像发现了现实与理想的差距，我一下子从那个圈中跳了出来。解脱，出现在我面前的是一片旷野。

惊异间的一抬头，那么多的兰花就在眼前，不讲理由地散发着让人忘记过去的香。我在这妖娆的香气中静静地矗立静静地感伤。这种香气让我找不到词语形容，我不知道是哪位绝世佳人在这种了这些兰花。

兰的尽头，是一座小屋，我不顾脚下的兰，疯跑向那间房。那间小屋，想必有人居住，也就会有活下来的希望。

小屋是有主人的。他立在小屋前，用眯起的眼看着我由小变大。

"小心你脚下的兰花！"远远地，我听见了他沧桑的声音。

"真的有人！"我怀着一丝激动与不安来到主人前。他却先将我打翻在地。

"注意爱惜那些兰花。"他背对我说着，转过身来。

他的确是那种美到骨子里的人。首先吸引我注意的是他那张刀削成的脸，不留一点让你挑剔的弧线。这种让人羡慕的容颜加上他瘦削的身躯，不知为何会让你信服。这可能就是藏于他骨子中的那股气。尽管他穿着平淡得几近平庸的服饰，却会用气场把你征服……

等我坐到屋内的粗木凳上时，他给我泡起了兰花的茶。茶香让我几近忘了刚才发生的一切。但我还是告诉他我的痛，我的伤。

他耐心地听，给我添了一壶又一壶茶，默默地注视着我，笑着。

然后对我说："我是一个爱兰的男子。那时我倾己所有，购遍了天下奇兰。用温室，用冰窖，用一切可能的方法培养它们。花在我的心血里长大，一天一天。就那么一晚，花全开了。我提着灯，用孤弱的光照着一株株兰，内心中满是兴奋与喜悦。我爱兰，我也终于拥有了兰花的美好。几天后，全国人都知道了我的兰，都在夸我的兰。但我却没了先前的欢乐，我的兰没有丁点香气。对于兰来说，没有香气又有何用？我皱起了眉，等到花都谢绝了，才找到了那句话：男子种兰，美而不香。"

"为什么？"我入迷地问。

"因为我没有真正的爱兰。"

"真正的爱？"我仍旧只是问。

"对，兰是来自世外的，你用心血浇注它们，它们不懂，也不会开心，因为它们离开了自己的山谷，来到了我那四周篱笆的地方。尽管它们出于自己的本能会开出美丽的花。但，我束缚它们太多太多了。我忘了爱兰的本质。我错了。"

"然后呢？"我问。

"我带着花种来到了这忘忧森林，让花自由生长，我，则从一旁观察它们，看它们哪天绽放，哪天凋零。渐渐的，我得到了一条真理，或许对你是有用的，真爱，不必在乎拥有，只要你能开心，她能快乐，在不在一起——不重要。"

说到这儿，我恍然悟了。

"谢了，我想我要走了。"

兰君笑，起身递给我一个香包："记住你的爱，忘记不见得比记着更加快乐。"他对我说。我会心一笑，满是信心地向前。

沿着路，我离开了这片兰，这片森林。

当走出森林时，我感到，我走出了身后的整个世界，尽管我身上还带着可人的——兰花香。

作者简介
FEIYANG

王新乐，男，山东滨州人。理科生。从小开始写作，深爱弗拉基米尔·纳博科夫、米奇·阿尔博姆、阿加莎·克里斯蒂等作家作品。（获第十一届新概念作文大赛一等奖）

第 3 章

只为你唱

每个人的生命，就是和其他人的生命擦肩而过。

我相信，每一次摩擦，

都会留下让人不忘的余温

给最深爱的你 ◎文/磨蔚

　　入夏以来，竟一直是多雨的天气。电视上警示性的字眼用的多是阴云和暴雨字样，风是夹着雨猖獗而来，不可一世的，甚至毁坏地势较低的路，让街道变成汪洋。但更多的时候，雨是那么执拗、任性地下着，绵长而不停歇，是一种柔软细腻的肆虐。像一个无助的孩子，所拥有的，只剩下一个哭泣的天堂。

　　在这样一个阴沉的天气，我与好友看了你在邮件中提及的那部电影——《太阳照常升起》，而后帮她把小城里另一所房子收拾干净。那所房子依偎着一座不大不小的山，东窗和南窗的视野很开阔，是我喜欢的。

　　用了大半天只把卫生间收拾妥当，一直到黄昏才开始打扫客厅。客厅桌上有一个蓝色的水杯，褪了色，看上去像染上了一层薄霜。失神良久，不知从哪儿开始下手打扫，不经意拿起一个塑料灯罩。手碰的那一瞬间，我怔住了。待我眼光迟缓地扯了过去，我才不得不相信，手指所碰的地方，竟那么脆，落了一桌子的塑料屑。我不敢相信，又换了个地方碰，轻轻的，感觉心突然一下紧了。手指刚一触及，所碰之处就落了，像一些停下来的灰尘，轻轻吹口气，就飘落下来。我想起以前看过的一些没人居住的乡村房子，几年的光景，便破败不堪。屋顶的瓦碎了，窗户散架了，墙面也脱皮了……如此这般，全是因没了人居住。一个没有气息的房子总有一天会坍塌的。同样，见过许多很旧的老宅子，因为有人居住，总以为会被风掀掉的茅草屋顶依旧年复一年完好无损。

现实中，我们没有电影里的周韵那般疯癫与痴狂，在一个屋子里拼凑起破碎的回忆。我们的回忆往往被看似完好如初地搁置起来，像墙角经年未用的蓝色暖壶，即使没有阳光的漂洗，什么时候，周身却已泛起灰白，我们全然不知。我们知道的只是，这许久的疏离，远去的往事，从不问归期，剩下一个空空的胆囊——时间才是更无情的光，它来过，就要带走一些东西。这才明白，一直怕打碎的回忆，原来到最后竟是那么脆弱，念起就碎。它不甘沉默，它又不会表达自己，只能用碎来证明曾经的热烈与如今的惨烈。我开始羡慕那些一而再再而三地碰碎回忆的人，因为他的一生都可以不停地拼凑，因为那些回忆的碎片比回忆本身更有生命力，也更善于表达自己。

蕊，原来，回忆一直都是要靠不停地拼凑而不是珍藏才能被记住。

于是，盛夏之夜，我连夜翻出你寄予我的信件及文章，坐在地板上读你的字，凉意从脚趾缝升起。空气中穿插细沙般的摩挲声，像柔软的旗帜随海风耳鬓厮磨。我忽然想喝一点菠萝啤，这原本寻常的夜因你的字而丰饶、繁丽起来，适于用酒句读。

　　你一定记得，我从广州回来后，在你家里写赛后感。开始写的时候总是想到快乐的情节，于是边写边笑，那些快乐的事情不断地滚动了画面，可是后来不可避免地写到了离别的时候，那些伤感的场景就出现了，甚至连分开的时候我坐的汽车的牌照号我都还想得起来。于是就很自然地落泪了。你说我很敬业，自己写的把自己都弄哭了。为了逗我笑，你拉着我蹦蹦跳跳地跑上楼顶，一直给我讲好笑的事情。见我眼睛依然红肿，你偏过头看我，嘴角微微挑起。"你看，"你大声说，手指向远方，"那里有流泻的日光。"我随着你的指引，迎向阳光。你的头发亮亮的，有金黄的光晕，如同被惊扰的水波，一层层的扩散、涟漪。

　　你一定记得，我们寻了一个小镇的旧址，随朋友的车一路颠簸，辗转深山里的泥路，终于抵达。所见的房子都是破败的，五六只猫在快要散架的三轮车旁嘶哑地叫着，神情疲倦，很落拓，很清冷。花几近枯萎，看上去是疏于打理，倒是几丛鲜绿的藤蔓，努力伸展着丰盈的身体探出柔软而细长的触角，向着苍劲墨蓝的山石攀附。树也极多，有几棵被人砍断所有粗壮手脚，绿不肥，红瘦尽，它仅剩的枝节，却爬满天空，从来就没有瘦过。你倒不失望，说在电影中见过太多让人欢愉的树，比如蒂姆·波顿的很多电影里都有哥特风格的树，神秘，诡异，却没有这些突兀的枝节让人着迷。还说回去买花时，也要买几棵"树"，比如榕树，微型的，似乎总也长不大。我笑你认真，理直气壮地用被你反感多年的绰号"蕊师父"喊了你。你回头嗔视："蔚，你怎就没出落得与我一般大方得体。""蕊……"

我可怜兮兮地看着你，仿佛遭受莫大的打击。"哎哎哎，你不要哭，我这儿会淹大水哦！"你笑着回道。

我相信你不会忘记那个小镇，我们的第一张照片以它为背景。你或许同意，旁人若看见你我当时的笑颜，定觉得这是一对挚友，举手投足充满默契。

从一开始，我们即是同等质地但色泽殊异的两个人。然而，即使日渐成熟，纯真岁月日益远离，我都愿意以欢愉的心情穿越时间的长廊重回少女时代，再次欣赏你的亮度、姿态以及很难在少女身上发现的帅气。现在，我看到的大多是活得艰苦、狼狈的人，勤于愤愤不平的嫉世者，鲜有你一般大度优雅。你小憩时真像圣洁的天使，白皙素净的脸上总是隐隐透着笑意。你有一双修长的手，那十根手指绝对是为了文学而来。

你的眼睛有饱和的光泽，墨池般清澈，两颗黑瞳是敏锐的，像深夜的小猫。

起初，我并不喜欢你。由于你过于说话直率，班上的同学觉得你脾气甚古怪，说你从小受了父母的管束，因而言辞犀利，出口伤人。这些关乎你的，谣言抑或真相，三人成虎，积毁销骨，让我不敢与你亲近。

如今想来，对你开始产生好感因了那次关于"缘分"的遇见。

我特别想开这样一个小店，店里出售一些旧物，每一件旧物都有主人的故事。几张老唱片，一个有"吱呀"声响的檀香木柜，一本密密麻麻写满秘密的日记本，几盆正开着的花……其实这是一个出售故事的小店。那是个薄夏的午后，无意中从好友口中套出理想中小店的地址，压制不出兴奋，当天晚上便独自前去寻找。这个旧物小店坐落于水街朝南的角落，它的名字叫"前缘"。门口挂着一块极大的广告牌，有一段字，至今仍记得大概：只因为我不愿枉费一些妩媚一些柔软，我要把这些旧物出售给懂得并能触摸到的人。尽管那时我并无法透彻理解这个中意味，但还是被投了毒似的喜欢上这个小店。左边的一排柜子中全是旧书，我看上一本《歌德抒情诗选》，八三年出版的，原价是五毛钱，惊人的低。不巧，正准备离开时下起大雨，于是决定在店中多待一会。随后我便看见你那水蓝色的身影机灵地跳进门，然后，有一个声音这么问："你，你是磨蔚吗？"我紧张起来，你知道的，我常忘记自己的名字。迟钝了许久才说："是。"又以极笨拙的对话问："你是蕊？"你拉下雨衣的帽子，露出温文亲和的脸，你是存心欺负我到底："我是论岁不论辈的！你得叫我姐。"我笑了。此后你常说，我的善解人意大大包容了你直来直往的草莽性情。

因为同属瘦高的学生，使我们毗邻而坐，这意味交谈的机会比他人多。和你渐渐熟识，皆因彼此对文字的爱好。那时候我们开始如饥似渴的阅读，彼此交换对电影、书籍的看法，在精致的笔记本上记下年少的感伤和对世事的思考。我开始了解你。你喜欢一个人在阳光充裕的阳台听音乐，时而随着节奏打拍子。你喜欢狂风肆虐的下午躲在屋里，一边吃零食一边记日记。你喜欢熟悉周遭的生活环境，让自己保有确定的安全敏锐力。你喜欢一遍遍温习自己喜欢的回忆，哪怕耽误此时更多有意义的事情。那时我们都喜欢陈绮贞，按你的说法，就是"我们在她的世界里透过猫眼看着外面的世界咯咯地笑"。她有点小个性，能将小女生情绪无限放大。我们经常关上门躲在被窝里静静欣赏。在 MP3 开始普及的年代，我们依然用着新华字典大小的随身听，你掏钱买了她的专辑《华丽的冒险》，专辑里有彼此都喜欢的《花的姿态》《旅行的意义》。我们一起漫步在校园的林阴道上，耳机里传来绮贞的轻唱："你熟记书本里每一句，你最爱的真理，却说不出你爱我的原因，却说不出你欣赏我哪一种表情，却说不出在什么场合，我曾让你动心，说不出离开的原因。"突然，周围就变得那么静了，日子静了，时间静了，香气也静了。你望着天空，而后伸长手将手指弯曲拢成圆形，笑着说："看，这样就可以把星星捧在手里啦。"

夏夜，将家中唯一一张竹席子搬上来，一起躺在楼顶的阳台上，反复聆听着那些哀伤到近乎透明的旋律。抬头可见隐约的星光，混淆了不同的颜色，是洁净到让人心疼的夜空。我们就这样，不说一句话，静静地躺着。你拉着我的手，虽然看不到彼此，但我知道你已经将满腹愁绪吐露出来。尽管你提及离别时笑着说没事，但只有我懂得，那种足以将心脏压机致伤的深深的伤感。

父母离异，你随母亲去安徽，或许不会再回南宁。站在北上特快列车里，你面朝窗外，冷得像一尊瓷器。人潮一波又一波从站台涌进来，总有回家的人，总有离乡的人。送你上车时，你强调："我寄信予你，一定要回，我的脾气你是知晓的。"我答应："君子一言，八马难追！"

　　将近半年，失去你的消息。

　　收到你寄来的包裹，已依稀是梅花盛放时。一本刘亮程的《一个人的村庄》，内页夹着一张照片，约是黄昏光线最温和的时刻拍的，你笑眯眯地做了个胜利手势，背后的云彩，红得如脂粉纱衣。照片背面，你说："我们都有自己的村庄，在那里，你种下梦想，就像大片的桃花和梨花，后来便一山一山地开。"你已经开始给报社投稿，也忙于校文学社的活动。我看后，心里满是欣喜，无以复加的欣喜。在由细碎阳光和辽远苍穹组合而成的背景里，我仿佛看见站在人群中忙碌的你，穿着与你瘦削身形极不相称的黑色衬衣，袖口泛起一圈手腕搁置于书桌而导致的淡淡的黄色。

　　安徽有着严格的教育制度，竞争比南宁甚激烈。我相信对一个柔弱的女子而言，现实比铜墙铁壁还重。唯一能给你力量的，不是家人、朋友，是你自身对文学的一个梦——从少女时代，你那池水透亮的眼睛便痴痴凝睇的一个梦。

　　忽然，初春时节，去安徽访友的同学捎来你的信。

　　是奖状复印件，打开后，一边是黑字的恭贺消息，另一边是你的字迹。第一次荣获大奖，与知己分享喜悦，你写着。

　　时间过去了，梦留下来，知己也还在。

　　细看你的旅游随笔，令我心情激越，那些字遂自行搭配起美景——某个江南女子的窗外，一棵发呆的树。抬头瞬间看见一枝一桠的花，串串欲滴，散着香，润下来。女子是全然不知的，她在一针一线地绣锦。字，在你手上更丰富了。令我感动的是，这些年的辛苦并未消磨你的天真与优雅。

甚久不见，我知道，你一定变成温和得令时光都停滞的女子，在我的印象中永远是少女模样，又单纯又爽朗，大笑时眼睛眯成细缝像个孩子。会在草场上潇洒地扬鞭策马。我知道，一定是那样的。

因为在无比清晰的梦境里，我看见过你。被青草覆盖了眼眸的白衣少女，肩并肩躺着。一个倾听另一个用温润的声音朗诵一首海子的诗歌，你说，我只愿面朝大海，春暖花开。梦中我们笑得很灿烂，隐约可见你眼睛内，那池因梦想的力量而持续荡漾的墨黑。

作者简介
FEIYANG

磨蔚，1993 年生，一个习惯将忧伤埋葬的、喜欢文字的孩子；习惯了随地倒头就睡的不愿意为任何世俗改变的孩子；习惯在晴天与心灵对话的孩子；习惯在空闲时刻尽情玩耍，然后在提交作业的前一天拼命赶的孩子。我现在还把自己称孩子。（获第十一届新概念作文大赛一等奖）

在希望的田野上　◎文/李晓琳

　　吉米，整个晚上我都在考虑有关"希望"的事，考虑白日里你的泪水。希望常常是"犹抱琵琶半遮面"的脸，在苦境面前也难脱忧色与羞赧。如果说拨开迷雾，它就能透出微光来，我想那色彩定是蓝荧荧的，在夜晚，曾凝着幻想，又将缀满惆怅。

　　这就是了。这就是为何当我们深陷苦痛的泥淖之中，仰面觑见希望的裙角的时候，依然难以迫不及待地抓住它，从中汲取力量。我们伸了伸手试图站起来，明知道应当有一个更好一点的生活在前面等待，却依旧止不住那悲哀的泪水。我看到你瘫坐在地上，脸上的表情充满失落和委屈，充满路途跋涉后的风霜与慵倦。你哭着说，哪怕以后会好起来，你也不想再朝前走了。

　　我懂你的意思。命运就是有这样的怪癖，喜欢把人推倒又扶起来，再推倒再扶起来。这苦境之中出现的希望之光，哪怕缥缈得像一吹即灭的小火苗，也总是格外管用。它轻易就将我们的伤口抹平，跟在她的裙裾后面，虔心虔意地去到下一个港口。次数多了，聪慧的你自然就发现，这救渡只不过是暂时，抵达的片刻希望便会撒手离开，你依然将被抛掷在暗黑的甬巷里，独自一人与孤独与别人的眼光作战。

任谁也会不解地追问，倘若人生的真相便是孤独和荒芜，为何还要赠我们以情谊、以满足、以短促的幸福，它们都无非希望所呈的虚像，在生命的本质面前一碰即碎，经不起任何推敲。彼岸究竟在何处，神并未许给人。

吉米，也难怪你这样一个小男子汉也会为此落泪了，从前你是那么坚强。我知道，辍学的这两年，生活几乎从头到脚撸平了你，淘掉你身上的英气，换上油烟味和风尘气，使你再不好意思提及当年的梦想。我总以为你并非淡忘了它们，只是将它们藏在了与现实毫无瓜葛的什么地方，你也会在夜深人静的时候，悄悄将它们拿出来一一擦拭，并暗自唏嘘垂泪对吗，吉米。

两年前放榜的那一天，你斜倚在校门口那块粗糙而冰凉的大石头上，同我们说再见的时候，浑身上下还充满蹦来跳去的乐观。夏日的大太阳底下，你笑着说，不想上大学了，出去闯荡一番，只要自己努力，一定也能有好的结果。我看到你的额角沁着小汗珠，眼瞳因为自由的姗姗迟来而散放着激动的光芒。那激动不可自抑，分明正在你的心上投下未来明晃晃的倒影。"大展宏图"，没错，你一定是想这么对我们说。

那时我们自然是一边赞叹你的勇气，一面为你扼腕叹息。你那么有灵气，学业根本难不倒你，可你竟不稀罕，非要另辟一条无人的小径，证明不走独木桥也能登上耀目的峰顶。说真的，我从未看轻过你的这个抉择，相反，多少次我盼望能像你那样，潇洒地抛掉这虚琐的一切，一身轻松地上路。可是啊吉米，有几人真能天真如你、勇敢如你、果决如你，我们都不过是锁链缚住的动物，知道获得自由后将面临更多的危机，也便不再挣扎了。

你那么受挫、疲惫，其实依然是我心目中最有资格谈及梦想的一个人。你根本没必要感到羞愧。我只是为你觉得心疼，你的乱头发、红血丝、晒成黧黑的皮肤、壮硕起来的身形，黑西装都遮不住，两年里你的容貌变化之大，已经足够让我感到震惊。你再不是记忆里那个靠吃营养补品来维持健康的瘦少年吉米了。

你在晋升的前隙前来找我，却伤心地痛哭起来。你说，瞧你们活得多年轻，我是老了。你说拼命工作为了在人前维持一份尊严，终于等到加薪的时候，却依旧感到空虚。你说那些被你忍痛抛掉的理想，已经不知散落在日子的何方，再也无法重拾——你已经遍寻不到它们了。

我却只能沉默地递你纸巾，转头去看窗台上那棵金盏菊。看它怎样轻卷花片，临风而立；看它怎样被暖光镀成金灿灿，又是怎样静候太阳落山，终被笼罩在薄暮的阴影之中。是啊，金盏菊吐不出一句怨言，我又该怎样奉劝你呢，吉米？我也不过是一个哑口的蹇途者，刚走几步路，还未来得及把未来盈握在手里，就将梦想掉了一地。

那些渐老渐孱弱的梦想者、幻想家们，身份尴尬，在通往现实的道路上屡受挫折，终其一生在学习一件事：活。一点都不浪漫，这真是极苦涩的一个词。我们常常就是在这样的过程里，看开而后学乖了，明白如何才能真正爱悦自己、享受生活，明明分不清这究竟算是一种妥协，还是一份智慧，心底在不停挣扎、自责着，却还得劝自己洒脱。

那些空薄而宽泛的语汇所涵盖的东西，我已经不想跟你提了，其实我更想跟你谈论一些细微的琐事。还记不得我们的那只小猫，如今它死去都快三年了。那个冬天的晚上，我们在教室后的干草丛里发现它的时候，它的小身体蜷缩着打颤，绒毛根根直立，骨头似乎都已被冻成凉冰冰的。你为它裹上羽绒服，小心翼翼藏在桌洞的书堆中。晚自习的教室阒静极了，班主任老师终于分辨出从你那里传来的猫的呜叫声，一声、两声，虚弱却哀怨的。你被怒不可遏的班主任叫出去训话的时候，小猫就断了气，它安静地躺在你的羽绒服中，还微睁着眼睛，刚被捂回的热气正飞速地从它清瘦的身体上流走。那也是我认识你两年，第一次看见倔强的你流下泪水。我们穿过操场去埋葬它的路上，你一直闷不做声，后来就突然说："以后自由了，就养一只这样的小白猫。想想都觉着美好。"

"我和你约好，养只黏人的小猫，和一只大的、温柔的狗狗"，多少次我们在 KTV 合唱张阿悫的这首歌，这些对未来生活的规划和寄望，谁说就不能忝列入梦想。你还说，也要种满院花草、去淘碟、去旅行，在周末穿特立独行的花衣裳，活得像天不怕地不怕的小痞子。这些我都记得，因为它们也正是我的愿望。同一份成功的、光鲜的、优雅而令人称羡的职业相比，"走到日月山川里去"，这才是真正动人的生活，才是生命最值得留恋处，我们早该明白。有几人真能攀上不胜寒的峰顶，俯瞰人群又得以保全自己呢。大多数人不都是停驻于半途，甘愿也罢，被胁迫也好，如此便度完了一生。山腰的风光兴许更美，就像山珍海味容易过敏，泡面却时常好味。

你不必羞愧充满市侩气的生活令你失掉了优雅而清白的姿态，维持姿态本就是最难的一件事，何况你曾是那样决绝地挑选了一条最泥泞的、异于常人的道路。如今我看得出来，你已是个有担当的男子汉了，你的肩膀再不是当年弱不禁风的单薄样儿，你历遍了人情冷暖、世俗百态，却依然会在我面前无助地掉泪，同当年一心一意救护小猫的少年没什么不同——你该为自己感到骄傲呀，吉米！多高兴能有你这样坦率而心思素朴的朋友！

我后悔今天你出门离开，我望着你的憔悴的背影呆立了良久，却终于没有上前给你一个拥抱。我承认那一秒你着西装的样子令我恍惚极了，曾经随性无拘束的吉米，竟也不得不学着有板有眼起来。我太熟悉以前那个你，这有板有眼在少年吉米身上一定会显得滑稽而生硬，如今你竟把每一个线条和褶皱都穿妥了。而今面对朋友，我也开始变得诚惶诚恐起来，既珍惜，又疑惑是否还存有当年的默契。我竟也总是担心时光会揭示我们以尴尬——拥抱或许还是那个拥抱，两人心上却都是空落落的、惶惶怯怯的。旧友相见，最近也却最远，这真是人世最哀凉的尴尬了。

这一番写给你的话，何尝不是为了拿来劝慰自己。轮番的打击面前，我们时常夸大自身的悲剧色彩，以缓解事情本身带来的伤害，却忘了辨别清这伤害在心胸豁达的人眼中是否已属惯常；我们也习惯了抬高自身的身价和尊严，以此为借口躲避命运派给的责任与挑战——我们无比潇洒地唾弃世俗之路的时候，是否真如自己想象中那般勇敢呢，吉米。

所有的事情都是这样，存在悖论，一不小心就越到完全相反的一面上去。我们看到头顶希望的闪光也会心生怅惘，这也是人的脆弱与矛盾之处，说到底，我们还是忧惧日子突然好起来的时候，终有一天又会被猝不及防地撕裂、摔碎，再也无法黏合。

可是，"希望是一件好事，兴许是最好的那件事。而好东西从来不会消陨。"在哭过、失望过，笑过也爱过之后，我们走到今天来，有什么还能够泯灭我们对生命的热爱与宽谅呢？这就是了，这就是为何上帝仍要赠我们以情谊，以满足，以短促的幸福，在我们深陷泥淖的苦楚中时，仍要赠我们以希望的闪光。

吉米，为我今天拙劣的表现，我向你道歉。多想再握住你的手，像当年一起逃课的那两个好朋友一样，勇敢地朝教室外面走去，不屑于回头看别人的目光。你曾在我的少女时代给过我最为贴心与无私的鼓舞，如今，我也想给你力量。或者只要你愿意，还是可以一起跑去城郊的农田，坐在田垄上聊一个下午，看路边卡车经过时扬起的灰尘把整个空气都涂成土灰色，却快乐得大笑，不避也不躲。我盼望听这两年你的故事，也渴望告诉你我的。时间一定也会像当年一样，溜得飞快，嗖嗖地似乎在说，"放心笑吧孩子，青春真就该这样神采飞扬。"

在希望的田野上，我仿佛看到当年那个赤心却腼腆的男孩正轻盈地朝我走来，他脸上沐着的霞光暖化了一整个冬天的沉雪。

吉米，别哭。金盏菊已经盛开，春天尽管姗姗来迟，可是你瞧，它果真还是来了。

作者简介
FEIYANG

　　李晓琳，笔名艾童，1990年生于山东。九岁在某作文选集发表第一篇铅字后，即被父辈认为具有文字方面的异禀，寄予厚望。无奈野心不大，叛逆心却极强，十几年一直在拥挤的小路上栽植自己的梦想，惶恐地躲避着风头。因思想古怪而难被理解，因生活虚琐而偶感痛苦。蹉跎至今，最大的愿望便是可以与文字重遇，吟咏生活、书写自己也直面命运。（获第十一届新概念作文大赛一等奖）

怀念  ◎文/晏宇

一

毕业典礼后，我站在空无一人的宿舍里，朝四周环顾。

东西一夜之间就搬走了，宿舍从未有一刻显得这样干净，桌子、床、书架，都井然有序地放着，上面空空落落的。想起第一次走进来时，这里也是这个样子，一切仿佛停留在昨日，什么都没有改变，只是从中流逝了两年时光。两年前一个月黑风高之夜，我在父母的帮助下，把全部家当都从东十四连根清走，搬进对面一径之隔的东十。那天晚上我将前来度暑假的表妹们送上火车后，当夜立刻赶往学校搬宿舍。宿舍只剩下我一人还没搬，其余人全走了。那天夜里我回去，心里还残留着离别的惆怅与酸楚。打开昏暗的灯光，迎面而来室内一片狼藉……我就在那凌乱的环境中，独自一声不响地把行李打包、捆扎、装袋，然后统统运走。行李搬空后，我头也不回地踏出了东十四

大门，从此再没回去过……

怀着与过去诀别的决绝，那晚之后我的旧时光就宣告结束。其实在东十四不乏美好的回忆，也有几段惊心动魄的逸闻可供记叙，但那儿也使人痛苦。宿舍长年太压抑：年久昏暗的楼道，泛着青苔的公用澡堂，被铁丝网缠满的窗户，门前长满了荒草……我从那里带来的唯一一件值得纪念的物品就是一个用来打开水的水壶，粉红色，是我最漂亮的水壶，后来给打坏了。为了防止水壶在学校打水处被偷走，我们都习惯在上面写字。后来灵机一动，把自作的舍歌题在上头，题曰：

舍外千日草，窗边隔年尘。

时闻鼠侵扰，偶遇盗窃门。

——《宿东十四经年有感》

短短四句，荒诞不经。记得入学军训时还擅自篡改杜甫的诗来郁愤当时的处境："舍南舍北皆秋野，但见群鼠日日来。荒径不曾妨客脚，铁门昨晚为盗开……"那时高唱着："偶与邻舍相对眼，隔篱长叹尽余悲。"

那所谓的"邻舍"就是东十。

那时每天在东十四眼巴巴地望东十，望着那鹅黄色铺得齐整的瓷砖，那如同蜂窝一样的小隔间，觉得非常羡慕，也开始想象四人套间有热水有书架的悠闲生活。我知道对许多人来说那不过是理所当然的生活。偶尔去其他学校，看那里的女生宿舍，公主一般：精致的露台，布帘半掩的落地窗，雕花的铁栏杆，仿佛每天清晨都会有个少女伫立在那儿喃喃自语："罗密欧，罗密欧，你为什么是罗密欧呢？"

……

那是一种我从未曾想象过的浪漫。

我在东十四的荒草里窝了两年，在东十孤清的小阳台窝了两年，长年看惯了物是人非。倒是那一路的鸟鸣声，从未间断，从最幽深的树影里，从偶尔钻过枝叶缝隙的阳光里，漏下来，星星点点。我的青春就这么慢慢淌过，淌过，无声无息……

东十（132），我的新宿舍的门牌号。

二

来到这里后，我对自己说，我要开始一段全新的生活。

此前我在东十四度过了最为低谷的半年，终日惶惶然仿佛失落了什么一般，要么就发疯地沉迷于某些事物当中。我不知道我在想着什么，我不知道自己在渴望着什么，我怀疑自己的选择根本是个错误，然而又无法逃脱这个错误。这种感觉挤在心中异常难受，往往一想起便痛彻心肺。后来，怀着解脱的心情，我拖着行李离开了东十四，然后发现自己即将搬入的是整幢东十大楼最糟糕的一间宿舍。

东十（132），位于整幢东十大楼二楼的不知哪个角落，因为座向终年进不了阳光。阳台正对着沁园，每天凌晨三点，准时可以听到饭堂准备早点的各种嘈杂声。宿舍楼下是个公厕。

我们努力让自己忘掉这个事实，然而不光是下面，有时听见楼上冲水的声音，洗澡间就有一股恶臭弥漫出来……这种恶臭使我彻底断绝了对朱丽叶的种种想象……

当时还天真地想，那个阳台倒也别致，如果有个男孩子在下面等着，也算一副不错的青葱时节图画吧……后来想到他等在下面可能对着的是厕所，就把这幅画面连同类似的念头都一并打消了。

但是我们这群被剥夺了公主权利的女生，还像杂草一样顽强地在那儿生活。

三

我搬进去，带着对新生活的期待，费着很大的耐心将属于自己的那块角落装点了一番。床四周都粘上雪亮的墙纸，贴有我喜欢的海报"Three Seasons"，书架背后贴着的绿色和紫色的包书纸，还有大海的蓝，仿佛可以令人产生遥远、遐想的感觉。我还在那扇通往阳台的门背后贴了一张海报，上面列出世界各大著名啤酒品牌的酒瓶和酒样。这张海报曾经被 CR 大加挞伐，说难看。我当时性子也倔，死活不愿揭下来，结果就那样贴着。很久之后，CR 发表评论说看惯了，就那样贴着吧……

我至今都不觉得那张海报有什么不妥的，最多是贴在女生宿舍有点奇怪吧，也可能是一种无意识的先天预兆，预告这宿舍出产"酒鬼"？

　　我，CR，阿姐，包括经常不归的LP，我们作为舍友纯粹是拼凑的，估计一半人是素不相识，另一半之前是形同陌路。把我们召集起来的，只有无可言喻的缘分与这间东十（132）。

　　我还记得我们从陌生到慢慢熟悉，然后近乎一种相依为命的程度。还记得我们在一起聊天一起议论一起回忆一起争辩，一起吃零食，一起复习到深夜熬夜到凌晨……记得我们一起到外面下馆子，冒着暴风骤雨去爬白云山，一起关起门来煮粥煮面煮糖水煮火锅，一起分享各自不轻易道出的过去，一同肩负我们的担忧、烦恼、理想、抱负和希望……

　　宿舍的女孩们，本来就不怎么循规蹈矩。CR本身是天不怕地不怕，我则是好奇心一上来什么都想去尝试，阿姐跟着我们两个惹事的家伙混久了，多少也受到不良影响。短短两年，我们的那些"惊世骇俗"的事无法尽叙。还记得那次喝酒，我们用六瓶红酒放倒了某男生。CR酒量在同学中远近闻名。据说（其实是她自己告诉我们的），大二时有群男生公开向她挑战，结果全部给喝得洋相百出，抬了回去。无奈后来CR的胃出了问题，被迫滴酒不沾，她生日那天有个男生不依不饶一定要她喝，结果我和阿姐硬着头皮上去代战。那天的经历真是不堪回首，虽然我们最后战胜却付出惨重代价，喝下的红酒全部吐光。那男的最后喝得躺倒在了饭店门口。我们想把他拖进旁边一间小招待所时，招待所门前柜台的人劈头问CR，他还活着吧？

　　我还记得那年冬天CR在外，只有我和阿姐"相依为命"做伴。我惯常地睡过头了，她就帮我打中午饭，我鬼使神差地早起了，就帮她买早点。

那些只有两人的夜里，我放英国BBC版的《傲慢与偏见》，足足六集，但看得我俩神往不已。后来还跟她一起看了《纳尼亚》的电影。我们的宿舍总是晒不到阳光，因此冬天更有一种阴寒之色。我们在冬夜里看这部蕴涵基督教隐喻的，能长久温暖观者心灵的童话电影。我们吃着东西，一边评论。有许多这样的夜晚，其实并没发生什么，但就能牢牢地印在你的记忆当中。

四

住进东十之后，我对自己说，我要开始一段新生活。

可是，开始迎接我的，却是一段寂寞岁月。

刚刚搬进去时，室友晚上都要出去做家教，整个宿舍空得剩我一人。那时傍晚吃饭回来，远远望见房中一片漆黑。我上楼，摸出钥匙打开门，按开灯，装好音箱，调到极大声，然后就在那音乐声中，在哗哗的水声里洗澡、洗衣服，然后关掉音乐坐下来看书。

晚上接近十点的时候，才陆续有人回来，那时宿舍才重新有了生气。然而这样短暂的热闹直到接近夜里十二点的时候就结束了。午夜走廊里远远亮着几盏灯，黑暗中只有电风扇哗哗的声响，偶尔传来一两声含糊不清的梦呓。刹那间我仿佛回到了中学寄宿的那段岁月，看着自己在宿舍里彻夜徘徊，在走廊上来回地踱步，因为考试压力，晚上睡不着就变得异常恐惧，仿佛自己渐渐地陷入了一个深渊，要窒息，爬不上来，白天的一切都离得那么远，不再真实，只有黑暗与孤寂是真切的。人就要在这段漫长时光里，独自在黑暗中，慢慢与时间磨合，与黑暗，与生物钟，与内心对下一次失眠的恐惧战争。

人什么时候最孤独？大概最是午夜失眠的时分吧。那时所有人都在你身边，但所有人都离你如此遥远。

夜里开灯是我在宿舍做的最放任的一件事，那时我长年心怀忧虑，夜不能寐，只能依靠读书，边读边入睡。当我在东十四的时候，室友们曾拟定一个"让某某睡觉计划"。这个计划尚在进行中，宿舍却搬了，于是那个"某某"又故态复萌，把坏习惯搬到了东十132，也因此惹来许多导火索。我是如此任性，坚信自己没有那盏灯就活不下去。灯灭了，黑暗席卷上来，似乎又陷入了很久以前那些无休无止的夜。没有人能理解，没人会知道。后来有一天夜里，因为压抑太久，居然在半夜突然失声哭了起来。全室都被吵醒，然后就是纷纷扬扬七嘴八舌说什么事啊，白天有什么不愉快啊？我只是说，我想回家。后来就真的夜半敲开管理员的门，忍受她的怒火终于出了东十。我坐在台阶上，CR帮我拎来行李说，回家吧，养养再回来，别想太多，啊！那幕场景我毕生不会忘记，包括后来我俩闹得最不愉快的时候，那画面还在。可我从没对CR说过。

那段时间我就离开了东十，过上"流浪"的日子。那时搬回家住，每天一大早起来要赶车去学校，兵荒马乱的。那时还没搬家，家离学校较远，至少要乘一个多小时的车，遇上塞车就前程未卜。那时每天习惯了迟到，习惯了大量的时间花在往返路上，居然也心甘情愿。

那段日子东十对我渐渐陌生了，偶尔回去，看看凌乱的书桌凌乱的床铺，还保持着离去时的样子，忽然就觉得恍若隔世。看着自己贴着的那些壁纸，墙上的海报，忽然就有一种想哭的感觉。我曾经这么努力，想要让自己快乐，为什么就做不到……

五

等到最后终于搬了回去，不免和周围人有点陌生了。

后来 CR 对我说，真羡慕你，还能回家。

我当时没能真正明白这句话的含义。

中学时候，我对最好的朋友说，真羡慕你们这些走读的，还能回家。

时光总是喜欢倒流。

不知受我影响，还是宿舍的确有些阴气，后来 CR 也开始失眠，很郁闷地说她夜晚要很久才能睡得着。我忙说你夜里不要想那么多，或者就干脆把事情想开了，不要给自己增加负担云云。我很想告诉她什么，却突然发现自己不知道该说什么，我想说的却完全无法表达。

然后我决定尽量把这件事轻描淡写，似乎失眠只是一件不值一提的小事，说完又觉得自己冷血。她来诉苦，我本来应该感同身受痛彻心肺的。虽然我当时对 CR 说了一大通话，所谓的"过来人"对失眠的经验之谈，但仍不禁觉得自己很冷血。我也许最应该做的（像连续剧里的那样）就是抱着她大哭一场，相互抚慰一下，然后流着泪说没关系，这不重要，一切都会好起来的！偏偏我做这种"真情流露"的事就是不在行，所以只能不停劝说，没事的，没事的，失眠而已，调整调整就好了。

后来想想，也许 CR 真的觉得我太冷了。

我其实最想说的就是，如果你失眠了，我会陪着你。

但那番话即使说出来也像是空谈，我不知道 CR 究竟需不需要我陪伴，抑或其实是我失眠需要她的陪伴？也许我们真正需要的就是分担，分担彼此的不安，以及彼此安慰。

在新的舍歌，同时也可以说是舍规上，我写道："寒夜自修晚，莫忘把'家'还。"

六

我曾在某一天的早晨，看到宿舍楼顶生长着一丛奇异的植物，迎风立在天空下。我固执地相信那是一丛芦苇。一颗不知从何而来的种子，无意中落到了这灰色的水泥高墙之内。每次我看见它消失了，几天之后却又神秘地生长出来，如同一个永远不曾妥协的生命。

我曾走了很远的路，来到城郊一条遥远又陌生的铁路边长久地伫立，看着火车铁轨的彼方乘风而来，仿若来自另一个世界，而在不同城市之间穿梭往返。

阳台下方与沁园之间隔着的是一条斜坡小路，道路两旁长满高大参天的树木。有的时候，树阴里有小鸟飞落下来，在阳台上睁着好奇的目光向内觑视，听见人声立即就飞走了，但不一会儿，又悄悄溜了回来，有时还洒些"纪念"在晾衣台上，在花盆边，或是干脆点染在阿姐喜欢的几件衣服上。

闲来无聊，或是站在阳台上晒衣服时，我总是出神地凝望路上那些来来往往的人群。我看着有人闲适愉快，有人沉默不语，有人行色匆匆的，但他们仿佛有着相似的面容和同样的目光，行走在目的不同，方向迥异，然而却是同一条道路上。

来到东十很久以后我想，我们的痛苦都是一致的。那是一种怀抱巨大希望的痛苦，一种对将来无可抑止的希冀，如同深深吸入纯净的空气而感到肺里传来刻骨铭心的疼痛一般。但如果我们不去呼吸，不去用生命和年华抓住这个世界，我们便不会感到这样的疼痛。这是我们年轻活着的见证。我们终将战胜痛苦，并继续前行。

七

我们又在一起生活，在期末考之前走弯弯绕绕的路到市场买回西瓜大卸八块，坐地瓜分。天冷的时候 CR 借来一只电饭煲，我们到超市买菜，然后塞在书包里"偷渡"进东十，于是那晚我们享用了一顿丰盛的自助火锅，直到快要吃完时，才在一个盒子里找到一只似乎几个世纪前就浸在里面的蟑螂。

我还记得我们挤在一起关起灯窝着被子看电影；开"卧谈会"聊得天南海北，指点江山或者义愤填膺；我还记得我们相互争抢电脑，一道养 Q 宠并争论谁家小孩养大了花配谁家；记得我们第一次义务献血之后拿着五十元营养费眼巴巴地纳闷怎么还有钱；记得考前我和 CR 期末复习得焦头烂额时恰逢世界杯，阿姐自告奋勇有一句没一句地发布"网络文字赛况三手转播"；记得我们时常逛的那条热闹街巷；记得我们给彼此的生日惊喜；记得那些平凡的夜晚，我们忙于的各自事情却能清晰地感受到彼此……

当我发现整幢东十大楼如此安静是在一天早晨，那天我们各自去寻找最快的电脑和网速到校内网站上抢报实习学校。当我锁上门离开时，第一次发觉包括东十（132）在内的一整排宿舍似乎全都变空了，似乎有许多熟悉的人，就这样突然地各自消失，不知所往。那天我最后离去的时候，忽然感到一阵没来由的恐惧。原先一直缓慢流逝的时间似乎在那一刻陡然加快了速度，变化就这样产生，无声无息，不可抗拒。

那一年在记忆里匆匆而又凌乱。一晃眼间，实习结束，接着便是试讲、毕业论文、找工作、面试等纷繁杂绪。我想起那些日子我帮阿姐做试讲的 PPT 做到深夜，阿姐希望早日出来工作供养上大学的弟弟；CR 则在种种反对意见与去西部的愿望之间烦恼挣扎；LP 的铺位长期空置。我们的生活也忽然间充斥着传闻、猜测与不安。虽然人人意识到在一起的日子已经所剩无几，也许是不愿面对，抑或是毕业将近的惶惑，我们烦躁，并发生争执。那些日子总是和周围人莫名地疏远，或者发生冷战。宿舍看上去总是人丁凋零，是心理作用也罢，跑回家住，又忍不住回来，却总是见不到半个人影。只留下一台嗡嗡作响的风扇，沉闷而孤寂地旋转着……似乎有人才刚刚离去。

于是我们这最后的时光总是上演错过，仿佛为了习惯离别而故意地错过。我们吵架的时候，总以为还像过去一样有足够的时光酝酿和好，蓦然回首，发现分离却已如此迫在眉睫。

八

当我重新像两年前一样站在东十（132）的门口，忽然发觉这里昨夜、前夜的记忆仍然清晰。毕业聚餐和晚会之后，级里的男生在东十门前那条路上点满了蜡烛，而女生们则挤到二楼观看。那些激动和欢呼声很晚才传到我们这个偏僻的角落。那个夜晚当别人联欢的时候，我们则忙着围在阿姐身旁，帮她到网上搜索大学资料，共同讨论她弟弟填志愿的事情，你一言我一语地出谋划策。在发生种种一切之后，我忽然感到那一刻竟是那样熟悉而陌生。我们终于又像过去一样融洽地聚在了一起，那最后的一晚我们终于又回归了过去的时光，仿佛这并不是告别的前夕，就像我们之间仍然有无尽的岁月可以在一起消磨。就像许多事情仿佛从未发生，却又早已在你的年华和记忆里，刻下难以泯灭的痕迹。

而如今我又站在了这里，站在过去、现在与未来之间，设想那所有的相遇，陪伴和重逢。

我想起我们曾经在一块抱怨过的这间东十132，我们打定主意决不会再怀念它。它的阴冷陈旧，楼下难以启齿，楼上冲水散发的恶臭；寂寥的阳台，顽固淤塞的下水道，来历不明的鸟粪……似乎能找到太多的理由让我们对这儿"不堪回首"。但我知道，我们终将殊途同归地将它回忆，只因为这里藏匿着我们共同拥有过的一个或众多故事。那些喜悦忧伤，温暖和孤寂，友爱和纷争；我们所有的渴望、清愁、逃避和顿悟，一起在彷徨、困顿与迷惘中相伴的岁月，甚至有我们曾经活过的秘密——在所有人离去后，仍会继续长久隐秘地留存下去。

——东十（132），假如失去了这一切，我们还能够，拿什么，再来怀念你？

作者简介
FEIYANG

晏宇，网名风间轨迹、minstreland。（获第十一届新概念作文大赛一等奖）

朋友，不曾孤单过 ◎文/余欣

　　每个人的生命，就是和其他人的生命擦肩而过。我相信，每一次摩擦，都会留下让人不忘的余温。

　　我从未怀疑，我自出生而延续十余年的生命，总在他人的生活里打上注脚，但我也从未怀疑，我在其他人的生活里只是不起眼的符号。于是我碌碌于人海，心中茫然，我将自己的希望寄托于自己的付出，我知道，感情，是真实而遥远的。对于昔日的同学，我有种特别的情感，却总是不显露于外。

　　超，我小学时的朋友，昨日他生日。叫了很多以前的同学，大家聚一聚，玩一玩。看着一个个与自己最熟悉的陌生人，我不禁苦笑，也终于懂得岁月弄人的意义。大家安静地吃东西，兰和璐这几个女孩沉默地看着大家。洋不是喜欢尴尬的人，渐渐的，啤酒成为一种桥梁，因为，在酒精的作用下，一切都变的模糊而又美丽。

　　超要去唱歌，想要用音乐拉近彼此的距离吧。但我知道，大家想的是各自的事，一个麦克风，怎能将大家的心灵留在一起呢？攀在想着超的漂亮表妹，皓在想着明日的安排，洋在想着一展歌喉，兰在想着自己的装束……我在想着彼此是否因过去的友情而被束缚。

聚会很无聊，像很多聚会一样，来时满心希望，去时尽是惆怅。我们轮流拿着麦，唱着本不属于我们的歌，时间在流逝。我不再唱，看着电视，视线模糊。耳畔是一个个熟悉的声音唱着、说着我不熟悉的话语。整个夜晚象一个沙漏，快乐从时间的瓶口溜走，越来越少。

去洗手间的人越来越多，不安的焦躁。曾经的同学终于一个个离去，空旷的包间越显空旷，黑暗也渐围渐紧。唯钧、攀、皓、洋、我，最后的一刻超也走了。我们五人心照不宣。

皓和我点了《最后的战役》，我总是记着那一句"有些事，真的来不及回不去"。是的，真的是来不及回不去了，回不去了。我唱到一半，不再唱，心在流泪。皓不喜欢忧愁，急忙喊着"下一曲"，以掩饰自己的颓丧与惊慌。这时，聚会的气氛低到了最低点。

大家都不想逗留，因为大家都明白了，过去的美丽已经过去，时光永不再来，以后的大家，会渐渐成为陌生人吧？

正当大家打开房门，背后响起了熟悉的音乐。不约而同地转过身，是周华建的《朋友》。曾经一起经历风雨的歌，也许它已经在流行歌曲的冲刷下褪去了色彩，但它的旋律却总是我们的最熟悉。"最后一首吧！"攀在自言自语。大家却都默默应许。

回到沙发上，五个人拿两个麦，最后的歌总是合唱。歌词渐渐触动人心。看着歌词，想着过去，也许每个人想着不同的事，但相信，主角一定是我们这些昔日的同学。

> 这些年 一个人
> 风也过 雨也走
> 有过泪 有过错
> 还记得坚持什么
>
> 真爱过 才会懂
> 会寂寞 会回首
> 终有梦终有你在心中
>
> 朋友一生一起走
> 那些日子不再有
> 一句话 一辈子
> 一生情 一杯酒
>
> 朋友不曾孤单过
> 一声朋友你会懂
> 还有伤 还有痛
> 还要走 还有我

令人感动的歌词，每个人都近乎要留下眼泪。洋唱到一半，用手臂挽住我的肩膀。我分明感到这一臂的重量，挽住的只是我的肩膀吗？

那一夜，我把钥匙忘在家里。到皓家过夜，深夜，我辗转难眠。梦里也总是昔日朋友的身影。半夜惊醒，我听到皓模糊的梦吟："朋友，不曾孤单过……"

作者简介
FEIYANG

余欣，男，1991 年 10 月生，曾就读于重庆市第八中学。(获第十一届新概念作文大赛一等奖)